Nicole Banik

Fische sind keine guten Zuhörer

WUNDERLICHE GESCHICHTEN

Herstellung und Verlag:
BoD - Books on Demand, Norderstedt
ISBN 978-3-7448-7536-3

Ich grüße alle, die mich künftig lesen,

Und ziehe vor ihnen meinen breiten Hut,

Wenn sie mich an meiner Tür erblicken,

Sobald die Kutsche erscheint auf dem Hügel.

Ich grüße sie und wünsch' ihnen Sonne

Und Regen, wenn Regen nottut,

Und in ihren Häusern möge

Nahe einem offenen Fenster

Ihr Lieblingsstuhl stehen,

Auf den sie sich setzen und meine Verse lesen.

Und beim Lesen meiner Verse denken,

Ich sei ein Naturding –

Zum Beispiel der alte Baum,

In dessen Schatten sie sich als Kinder

Fallen ließen, ermattet vom Spiel,

Und mit zerrissenem Schürzenärmel

Den Schweiß von der heißen Stirn wischten.

Fernando Pessoa

Alberto Caeiro, *Poesia - Poesie,*

Seite 13 f., Der Hüter der Herden, I

Inhalt

Kleines Vorwort..1

Der Pedant... 3

Mondflug 13

Hotel 23

Bauchgefühle.. 36

Fische sind keine guten Zuhörer.......................... 44

Saxophon.. 53

Prometheus 61

Zeitlos 68

Schildkröten 78

Kleines Nachwort 85

Kleines Vorwort

Es stellt sich bei Betrachtung gewisser Weltdetails und Lebenswinkel die Frage, warum dies oder jenes so ist, wie es ist. Ich habe mir eine Zeit lang abstrakte Wunderlichkeiten wie sprechende Planeten und altersmüde Schatten ausgedacht und über sie geschrieben, bis mir klar wurde, dass die größten Seltsamkeiten in unserem Alltag liegen. Wir sehen sie nicht, weil sie eigentlich nie zutage kommen – sie sind immer nur einen Lidschlag entfernt, warten darauf geschehen zu dürfen, und tun es in diesem Buch darum wirklich.

Ich gebe den offenkundigen, simplen Absurditäten den Raum und die Bühne, auf die sie lange schon hoffen, damit sie endlich sein dürfen. Ich empfinde das als Freiheit, für sie und für mich.

Lesen Sie, wundern Sie sich unbedingt und halten Sie im Alltag die Augen offen!

Gewidmet all dem Wunderlichen,

das unerzählt blieb.

Der Pedant

Er betrat seine Wohnung und legte den Schlüssel auf die Anrichte, neben der die dunkelbraune, hüfthohe Figur Buddhas saß. Ihre erhobene, segnende Hand und ihr Lächeln erweckten den Anschein, als wollte sie den Eintretenden einer zuversichtlichen Zeit versichern. Schon oft hatte er ihr im Vorbeigehen einen Finger an die mittlerweile glatte Handfläche gelegt. Manchmal mit einem kurzen Stoßgebet auf den Lippen, manchmal mit einem dankbaren Nicken. Je nachdem, in welcher Gefühlslage er sich gerade befand, wenn er die Figur beim Betreten oder Verlassen der Wohnung passierte. An manchen Tagen blieb sein Blick eine Weile auf ihr liegen und er fragte er sich, warum er nicht wusste, wo er sie erstanden hatte oder ob sie ein Geschenk gewesen war. Er hätte es wissen müssen angesichts der Tatsache, dass sie in seinem Leben seit vielen Jahren die beinahe einzige Konstante bildete, die ein Gesicht besaß, und zu der er eine tiefe emotionale Bindung verspürte. Es war kein Zufall, dass sie alles von ihrem Platz aus sehen konnte, was sich innerhalb seiner Wohnung abspielte: Da seine Küche vom Eingangsbereich lediglich durch einen offenen Bogen getrennt war, hatte die Figur einen freien Blick auf die Kochzeile und den Esstisch, und wenn er sich abends auf seine Couch vor den Fernseher setzte, drehte er sie ein wenig, so dass sie den Flur hinunter in sein Wohnzimmer und direkt auf seine Sitzecke sehen konnte. Er empfand die Gewissheit als beruhigend, dass bei allem, was er tat, ein lächelnder Blick und ein Segen auf ihm ruhten. Ganz selten nur hatte er ihr Gesicht bisher gegen die Wand gedreht um vollkommen allein zu sein. Er konnte es nicht ertragen, durch fremde Blicke darauf aufmerksam gemacht zu werden, dass er sich lächerlich benahm. Glücklicherweise geschah das nicht oft. – Und seine ständige Beobachterin von sich abzuwenden, bevor er sich gehen ließ, sollte er nur einmal vergessen.

Es geschah nach einem unnötig heftigen Streit mit jemand Bedeutungslosem, als er sich wieder allein in seiner Wohnung befand. Die Erleichterung darüber, sich in einsamer Sicherheit zu befinden, ließ ihn die sonstige Achtsamkeit vergessen. Von einem emotionalen Gemisch aus Trauer, Wut und verletztem Stolz überfallen verlor er die Nerven und sank nach einem Gefühlsausbruch, der sich in blindem Zerstörungswahn äußerte, schluchzend und kraftlos auf seinen Küchenboden. Als er sich Minuten später von seinem inneren Kraftakt erholt, zwischen zwei schweren Atemzügen den Kopf gehoben und sich seufzend das zerzauste Haar aus der Stirn gestrichen hatte, war ihr Lächeln ihm direkt in die feucht verschleierten Augen gefallen. - Auf den vehementen Perspektivenwechsel, als er aus ihrem Blick auf sich selbst zurückgeworfen wurde, war er nicht vorbereitet gewesen. Mit einem Mal war er sich seiner selbst bewusster, als er es je zuvor gewesen war, und er erschrak über das Bild, das er einem äußeren Betrachter genau in dem Moment bot, in dem er ganz tief am Grund seines Inneren saß. Ein Bild, das ihm nun so unverhohlen lächelnd mit einer winzigen Handfläche entgegengehalten wurde.

Seitdem hatte er sich im Griff. Jeden seiner Schritte und Handgriffe betrachtete er mit ihren Augen. In den ersten Tagen seiner Selbstdisziplinierung vergaß er manchmal, sich unter Beobachtung zu behalten. Es fiel ihm nicht leicht, die Gedanken permanent um sich selbst kreisen zu lassen. Ein paar Mal war er kurz davor, es ganz sein zu lassen, aber dann lernte er langsam, sich angemessen zu schämen. Er entdeckte Eigenarten und Angewohnheiten an sich, die er vermutlich schon Jahre zuvor entwickelt, sich aber niemals bewusstgemacht hatte. Um sich selbst nicht aus den Augen zu verlieren, sobald er aus dem Blickfeld seiner bewusstseinserweiternden Holzfigur verschwand, ließ er die Türen zu seinem Schlaf- und Badezimmer offenstehen. So hatte er im Vorbeigehen immer einen Blick auf die dort hängenden Spiegel. Je länger er sich selbst unter Beobachtung hatte, umso mehr Fehler und Makel fielen ihm auf. Er begann, die Schultern zu straffen beim Passieren der Spiegel, unterdrückte sein selbstvergessenes Pfeifen und Summen und warf den alten, verwaschenen Lieblingsbademantel auf den Müll. Er trug nun auch zu Hause ausschließlich öffentlichkeitstaugliche Kleidung.

Seine Tage unterteilte er zum Zwecke der Selbstdisziplinierung im Stundenrhythmus in verschiedene Arbeitsbereiche und hängte sich einen entsprechenden Plan an den Kühlschrank. Er war erst zufrieden, als es in seiner gesamten Woche keine unorganisierte Stunde mehr gab, und stellte anschließend den Plan für den restlichen Monat auf. Er entwickelte einen Hang zu extremer Reinlichkeit und achtete pedantisch auf jede Kleinigkeit beim Säubern seiner Wohnung. In seinem nun erweiterten Blickfeld tauchten Dinge auf, die er zuvor niemals wahrgenommen hatte. Zuerst waren es nur die üblichen immer wieder beim Putzen vergessenen Ecken, die er nun fast täglich kontrollierte, dann nahm er sich die Einrichtungsgegenstände vor, die seit Jahren aus teilweise sentimentalen oder nostalgischen Gründen zu seinem Mobiliar gehörten, ihm aber nun albern und fehl am Platz erschienen und ausgesondert wurden. Er betrat seine Wohnung jeden Abend, als wäre er zu Besuch, streifte nacheinander durch die einzelnen Zimmer und besah sich jeden Winkel so interessiert, als sähe er ihn zum ersten Mal. Was ihm dabei unangenehm auffiel oder nicht in das Gesamtbild passte, wurde sofort und ohne Umschweife auf den Müll geworfen. Er nahm alle privaten Fotos von den Wänden und ersetzte sie durch Kunstdrucke und Gemälde, die sich allgemeiner Beliebtheit erfreuten, und er verbrachte eine ganze Woche mit Streifzügen durch Möbelhäuser, bis er sich ein Wohnzimmer ausgesucht hatte, das detailgetreu der Abbildung in einem der meist verkauften Lifestyle-Magazine entsprach.

Nebenbei und während all seiner Tätigkeiten hatte er stets sich selbst im Blick: Als er eines Tages an seiner offenstehenden Badezimmertür vorbeiging und aus den

Augenwinkeln sein Spiegelbild erhaschte, beobachtete er sich dabei, wie er zweimal kurz hintereinander blinzelte. Irritiert blieb er stehen und wiederholte die Reflexbewegung, musste aber feststellen, dass er sich nur bedingt gleichzeitig dabei betrachten konnte. Ein unangenehmes Gefühl des Kontrollverlusts beschlich ihn. Nach weiteren vergeblichen Versuchen zog er die einzig mögliche Konsequenz aus diesem toten Winkel seiner Selbstbeobachtung und besorgte sich in der Apotheke an der Straßenecke Augentropfen. Den Rest des Tages verbrachte er damit, herauszufinden wie viele Blinzler in der Minute ihm zulässig erschienen, ohne neurotisch zu wirken, und wie hoch die Dosierung des Feuchtigkeitsserums sein musste, um die Frequenz dieser Reflexbewegung auf dem ermittelten Niveau zu halten. Erstaunlicherweise waren aber nur wenige seiner Selbstkonditionierungen so zeitaufwendig. Die meisten seiner schlechten Angewohnheiten beschränkten sich auf alltägliche Handgriffe und Kleinigkeiten, die leicht zu ändern waren. Nach wenigen Tagen hatte er sich zum Beispiel ein Lächeln antrainiert, das ihm dezent und zurückhaltend genug zu sein schien, um es in jeder Situation anzuwenden. Auch bei seinem Lachen hatte er in nur wenigen Stunden des Trainings Lautstärke, Frequenz und

Intensität unter Kontrolle. Er hatte sich dafür zwar extra ein Diktiergerät anschaffen müssen, aber um auch seine Sprechgeschwindigkeit, Aussprache und Betonung maßzuschneidern, war es ihm die Anschaffung wert gewesen. In seinem Kleiderschrank hingen Anzüge und Hemden für jeden Wochentag bereit, und in der Reinigung und bei seinem Friseur hatte er in den ermittelten Zeitabständen feste Termine vereinbart.

Am schwierigsten gestaltete sich die Konditionierung all dessen, was sich in der Küche befand und abspielte. Das Obst in der Schale auf dem Küchentisch stellte inzwischen ebenso eine Attrappe dar wie die Pflanzen in seiner Wohnung. Seine Ernährung bestand aus streng abgewogenen Zutaten und enthielt nach seiner ausgiebigen Recherche alle Komponenten, die für Gesundheit und kontrollierte Verdauung nötig waren.

Als er sich dazu bereit fühlte, fertig, wie er war, vor die Menschheit zu treten, bereitete er am Abend alles genauestens vor. Er hatte den kommenden Tag minutiös geplant, hatte seine Garderobe zusammengestellt, sein Frühstück vorbereitet, alle Termine festgelegt und dafür gesorgt, dass ihm kein unvorhergesehenes Ereignis die Planung zunichtemachen können würde, indem er im Büro angerufen und seiner Sekretärin seinen morgigen Arbeitsbeginn samt Terminplan durchgegeben hatte. Sie hatte etwas irritiert auf seinen Anruf reagiert, was er sich damit erklärte, dass sie in seinem sechswöchigen Urlaub, den er für seinen Selbstschliff beantragt hatte, neu angestellt worden und ihm somit unbekannt war. Nachdem er alle Vorbereitungen noch einmal überprüft hatte, setzte er sich mit einem Glas Cognac zufrieden lächelnd in einen seiner neuen schwarzen Designersessel. Pünktlich, als der Wecker klingelte, begab er sich genau sechs Stunden und dreißig Minuten, bevor er aufstehen musste, in sein Designerbett. Eine halbe Stunde benötigte er zum Einschlafen und sechs Stunden Schlaf waren nötig für den optimalen Teint.

Er tat am Morgen alles in der ruhigen Routine, die er sich so lange und mühevoll erarbeitet hatte. Er war stolz auf jede einzelne Bewegung, die er kontrolliert ausführte, stolz darauf, selbst bei größter Achtsamkeit keinen einzigen unnötigen Wimpernschlag, keine überflüssige Handbewegung, kein überraschendes Niesen und nicht einmal einen erhöhten Blutdruck aufgrund der freudigen Erwartung des ersten

Arbeitstages in seinem neuen Leben feststellen zu können. Er lief streng nach Schrittzähler zur Arbeit, weil es kein Verkehrsmittel gab, das seinen Kontroll- und Sicherheitsbedürfnissen entsprach. Er wusste, dass etwas nicht stimmte, als er durch die sich drehende Schwingtür das Foyer der Bank betrat. Die Empfangsdame sah auf und Verwirrung stellte sich in ihrem Blick ein. Höflich fragte sie nach seinem Anliegen. Er versuchte zu lächeln. Ihr Gesicht verriet ihm seinen Misserfolg. Er verlangte, den Schlüssel für sein Büro ausgehändigt zu bekommen. Die Dame drückte den Notfallknopf unter dem Tisch, während sie ihm ruhig versicherte, niemanden seines Namens in ihrem System zu finden. Er müsse sie verwechseln. Er dachte nach. Er erinnerte sich an einen Namen, einen außergewöhnlichen, einen, der seinem Träger Spitznamen und Schabernack einbringen konnte, einen, mit dem er sich den Menschen vorgestellt hatte, bevor ... er erinnerte sich nicht. Er verlangte den Geschäftsführer zu sprechen und seinen Büroschlüssel ausgehändigt zu bekommen. Zwanzig Minuten später wurde er von den Sicherheitsbeamten wegen Nötigung und unangemessener Gewaltandrohungen der Polizei übergeben.

Er betrat seine Wohnung knapp einen Tag später. Dass sie keine Sozialversicherungsnummer zu seinem Namen gefunden und sich keinerlei Angehörige hatten finden lassen, wunderte ihn kaum. Nur, dass sie keine Fingerabdrücke von ihm hatten nehmen können, hatte ihn ein wenig beunruhigt. Er legte den Schlüssel neben der kleinen Holzfigur auf der Kommode ab. Sie streckte ihm wie immer ihre kleine Hand entgegen und lächelte zufrieden. Er drehte sie nicht mit dem Gesicht zur Wand. Er wusste, er würde sich auch in ihrer Anwesenheit nie wieder schämen können. Dann setzte er sich in seinen Designersessel und nahm den Terminkalender zur Hand. Er hatte in den nächsten Tagen jeweils acht neue, freie Stunden zu füllen. Das mulmige Gefühl im Bauch, über irgendetwas die Kontrolle verloren zu haben, beseitigte er mit einem Kopfschütteln.

Mondflug

Der Anruf kam überraschend. Honorierung für hervorragende Leistungen, Auszeichnung des gesamten Teams und Einladung zu Flug Mo-378 am kommenden Wochenende. Sie sagte kaum ein Wort und legte auf. Das Telefon klingelte erneut, dieses Mal zeigte es die Nummer des Team-Büros an. Am anderen Ende war die Kollegin ganz außer sich. *Der Flug!* Hauchte sie. Ob sie das verstanden hätte, sie dürften alle vier mit auf den nächsten Mo-Flug! Sie hatte es verstanden, zumindest verbal. So richtig begreifen konnte sie es natürlich nicht. Das brauchte Zeit, zu verstehen, dass man auf einen Mondflug eingeladen war, umsonst, zumindest völlig kostenfrei. Dass man würde genießen können, wonach sich die meisten Menschen, die sie kannte, bereits ihr Leben lang sehnten, oder doch zumindest so lange, wie es die regelmäßigen Passagierflüge auf den Erdenmond M-Null gab. Auch sie hatte davon geträumt, natürlich. Sie hatte sich vorgestellt, wie es sein würde, die Erde von oben zu betrachten, hatte sich gefragt, wie die Sonne aussähe von außerhalb der Atmosphäre, und wie es sich anfühlen würde, den ersten Schritt zu tun auf diese

Oberfläche, die bisher nur knapp 4.000 Menschen vor ihr betreten hatten. Sie hatte bei jedem Start vor dem Fernseher mitgefiebert, hatte ihre Fäuste zusammengeballt, sich nicht entscheiden können, ob sie die Augen schließen oder lieber hinsehen sollte, wenn das Feuer schließlich nach dem immer wieder endlos erscheinenden Countdown zündete. Und sie hatte zusammen mit den beteiligten Personen in der Kontrollzentrale gejubelt, wenn das Shuttle auf seinen Weg gebracht war und es hieß: Nächster Halt: M0!

Sie zündete sich eine Zigarette an, stellte sich an ihr Küchenfenster und versuchte, es zu begreifen. Es war nicht möglich.

Es roch nach kalter Asche und etwas, auf das sie nicht sofort kam. *Nach Metall*, sagte eine der anderen. Richtig. Irgendwo hatte sie gelesen, auf dem Mond würde es nach Schießpulver riechen. Es war bizarr und unwirklich und auf seltsame Weise doch genauso, wie sie es sich vorgestellt hatte. Die Männer hatten sich in die entgegengesetzte Richtung von der Kapsel fortbewegt und waren hinter einer Kuppe verschwunden, so dass sie und die anderen drei vollkommen allein zu sein schienen in dieser unwirklichen Traumlandschaft aus weißen, grauen und schwarzen Umrissen, die keine satten Farben zu kennen schien. Die Luft, oder besser, die Umgebung, fühlte sich trotz Raumanzug kalt und sauber an, obwohl hier und dort Staubwölkchen in anmutig ruhigen Wirbeln über der Mondoberfläche kreisten. Beinahe schien es, als würde die Freiheit des Weltalls in jedem einzelnen Kubikzentimeter Raum zu spüren sein. Als würde zwischen einem Staubkorn und dem nächsten ein riesiger Abstand liegen, der das Vakuum rein und sauber hielt, weil sich nichts sammeln konnte, sondern alles auseinanderdriftete, sich ausdehnte, mit schwebender Leichtigkeit seinen eigenen Tanz in die Ewigkeit antrat. Niemals zuvor hatte sie sich so leicht und kompakt zugleich gefühlt. Ihr Körper schien den Drang aller Dinge hier draußen ebenso zu spüren wie sie. Sie konnte fühlen, wie er an ihrer Mitte zerrte, wusste, dass auch er sich ausdehnen wollte, dass seine Begrenztheit ihm hier und jetzt zum ersten Mal bewusstwurde. Es war, als würde er sich auf dieser Oberfläche unnatürlich beengt fühlen, hier, wo es keinen Himmel gab und wo unter all dieser Freiheit kein Platz war für Grenzen. Sie tat ein paar zaghafte Schritte. Ihre Lungen wollten diese Klarheit atmen, durch die jeder sprunggleiche Schritt sie hob und ein stückweit gleiten ließ, bevor der unförmig klobige Stiefel in einer Wolke aus Mondstaub wieder aufsetzte. Alles hier draußen war anders als die Dinge, die sie kannte. Und doch fühlte sie sich zum ersten Mal in ihrem Leben eins mit der Welt, die sie umgab. Hier, mitten im Weltall, in der Unendlichkeit des Universums, war sie der einzige unnatürliche Gegenstand, während um sie herum die uralte Ewigkeit das einzig natürliche war, das sie sich in diesem Moment vorstellen konnte. Sie sank auf die Knie in überwältigter Ehrfurcht vor der Größe und Weite um sich herum. Ihre Existenz kam ihr auf eine völlig neue, bedeutungsschwere Art winzig vor. Und ihr wurde klar, dass nur diese immerwährende Ausdehnung, dieses nie endende Streben nach Erweiterung, dem jedes Staubkorn und jeder Partikel hier draußen nachging, das einzig wahre Wesen der Existenz sein konnte.

Tränen liefen ihr über das Gesicht, während sie sich weiter sinken ließ und schließlich sitzend, als würde sie meditieren wollen, den Blick über den weißen Rand der Mondoberfläche in die endlose Schwärze schweifen ließ. Jetzt kam die Übelkeit, mit der sie während des ganzen Fluges gerechnet hatte. In kleinen Wellen baute sie sich langsam auf, bereit, aus den Eingeweiden in ihre Speiseröhre zu steigen und alles zu verderben. Entschlossen schluckte sie mehrfach, schloss die Augen und konzentrierte sich auf die Reinheit ihrer Umgebung. Es ging wieder. Als sie ihre Lider langsam hob, überwältigte sie der Anblick des tiefschwarzen Raumes erneut. Es waren Sterne zu erkennen, deutlicher, als sie es von der Erde aus zu sehen gewohnt war. Und dennoch wirkte durch ihre klaren Umrisse auch das Schwarz um diese leuchtenden Punkte herum tiefer, als sie es je zuvor erblickt hatte. Beinahe war es ihr, als würde sie aus der Ferne dieser Unendlichkeit leise gerufen. Als würde der Anfang der Welt dort hinten, wo es keinen Horizont mehr gab, noch immer existieren, und als würde man sie, die doch nur dieses kleine Wesen war, dort in der Ewigkeit kennen. Jene längst vergangene Zeit lag an diesem Ort direkt neben der Gegenwart und sie beide waren wiederum nichts anderes als die Zukunft, die auf der Erde so unvorhersehbar und beängstigend sein konnte. Hier verlor die Zeit ihre drohenden Schatten und war begehbar wie der kompakte Untergrund des Mondes. Die Vereinigung von Zeit und Raum war nichts Abstraktes mehr in der Vorstellung weniger kluger Köpfe. Es war eine Realität, die sich dem zeigte, der sein

Haupt aus den Wolken und über den Himmel hob und bereit war, in die Grenzenlosigkeit des Seins zu blicken. Und indem die Rakete sie über die atmosphärischen Grenzen des Erdballs gehoben und auf diesem außerirdischen Trabanten hatte landen lassen, in dem Moment, in dem das unendliche All sie zum ersten Mal empfangen hatte, waren ihr all diese Dinge klar gewesen. Als hätte das Wissen um den Lauf der Welt schon immer tief in ihr gelegen, während sie ihren Kopf unter den Wolken in Unwissenheit und vermeintlicher Sicherheit gehalten hatte.

Es war unbeschreiblich schön. Die anderen hatten sich inzwischen weiter von ihr entfernt, und von ihrem Aufenthaltsort aus konnte sie in alle Richtungen nur das All und den Horizont des Mondes sehen. Selbst die Erde ließ sie an die Begrenztheit des auf ihr existierenden Lebens denken, und so kehrte sie ihr den Rücken und gab ihren Augen den Raum, den ihre Gedanken forderten. Sie war eine Frau der Wissenschaft und hatte nie ernsthaft an Gott geglaubt. Hier glaubte sie, direkt unter seiner Wahrnehmung zu sitzen. Sie wusste, dass es Moleküle waren, chemische Stoffe, physikalische Reaktionen, Naturgesetze, die diesen wunderschönen Ort geformt hatten und ihn noch immer formten. Und dennoch konnte sie die atemberaubende Eleganz dieser perfekt komponierten Raum-Zeit-Sinfonie nicht erklären mit den bekannten Formeln und Gesetzen. Sie wusste, dass dort draußen mehr sein musste als das, was sie kannte. Und ihr wurde im selben Moment auch bewusst, dass sie unter der alten Wolkendecke niemals wieder Teil dieses Ganzen würde sein können. Sie würde den Kopf in Reaktion auf die Schwerkraft wieder einziehen wie zuvor, und nach einigen wenigen Nächten und Tagen, in denen die Erinnerung sie immer wieder über die Atmosphäre tragen könnte, wäre es irgendwann nicht mehr möglich, weil auch die Gedanken der Schwerkraft folgen und träge auf die Erdoberfläche zurücksinken müssten, wie es eben ihre Natur war.

Eine der Gegenwart vorauseilende Sehnsucht ergriff ihre Brust, hinterließ den ziehenden Schmerz, den sie nur von Vergangenem kannte, das lange nach seinem Erleben in die Erinnerung zurückkehrt. Doch noch war sie hier. Noch erlebte sie die Verschmelzung von Zeit, Raum und ihrer selbst in Einheit. Noch konnte sie spüren, was es hieß, wirklich am Leben zu sein. Sie dachte an ihre Kindheit. Vor ihrem geistigen Auge sah sie ihr erstes Teleskop unter dem Weihnachtsbaum liegen, sah sich mit ihrem Vater am Heiligen Abend auf der Terrasse stehen und den Stern suchen, der ihr beweisen sollte, dass das Christkind wirklich geboren und von Gott angekündigt worden war. Aber sie hatte ihn nicht gefunden, und stattdessen die Venus und den Jupiter einander näherkommen sehen. Sie hatte den rosa schimmernden Mars auf seinem Weg durch die Hemisphäre beobachtet, und jeden Abend den Aufgang des Polarsterns verfolgt. Sie hatte die Milchstraße erforscht mit dem besseren Teleskop, das sie sich von ihrem Führerscheingeld gekauft hatte, während ihre Freunde sich die Abende mit Rundfahrten in ihren neuen Autos vertrieben. Sie hatte die Samstagabende im Planetarium statt in den Clubs verbracht, und schon lange vor dem Abitur war ihr klar gewesen, dass sie einmal Astrophysikern werden würde.

Dreizehn Jahre war es nun her, dass sie den Fuß zum ersten Mal in einen Hörsaal gesetzt hatte. Vor vier Jahren hatte sie ihren Doktortitel errungen, war vor wenigen Monaten erst dem Forschungsteam an einer der bekanntesten Universitäten beigetreten, und hatte mit ihm den bahnbrechenden Durchbruch geschafft, der ihr als Geschenk die Teilnahme an Flug MO-378 eingebracht hatte. Den Mondflug. Die Landung. Den ersten Schritt aus der Kapsel auf die graue, staubige Oberfläche. Es hatte alles so sein sollen. Niemals war etwas in ihrem Leben klarer gewesen als dies. Jede Etappe hatte sie hierhergeführt, auf die Oberfläche des Mondes.

Sie konnte nicht mehr zurück. Auch das war jetzt klar. Der Entschluss stand fest, bevor sie ihn bewusst gefasst hatte. Sie erhob sich schwerfälliger, als es aufgrund der geringen Schwerkraft zu erwarten gewesen wäre, und legte die wenigen springenden Schritte zum Shuttle zurück. Im Inneren hing das Jetpack direkt neben der Tür. Es sich ohne fremde Hilfe aufzusetzen war nicht leicht, jedoch nach mehreren Versuchen möglich. Es würde nicht lange halten müssen. Auf die Kuppe des nächstliegenden Hügels sprang sie mit leichten, federnden Sprüngen. Dieses Mal stieß sie sich bewusst ab, legte Kraft in die Schritte, die ihre letzten sein sollten. Sie drehte sich nicht um. Sie schaute auf die endlose schwarze Tiefe, aus der sie in weiter Ferne ihren Namen rufen hörte, und schaltete die akustische Verbindung zum Rest der Welt in ihrem Helm ab, drückte die Starterknöpfe zu beiden Seiten des Raketen-Rucksacks und stieß sich mit einem kräftigen Sprung von der Oberfläche des Mondes ab.

Es war wunderschön. Atemberaubend. Es war der Sinn ihres Lebens. Als ihr Körper auch den letzten Rest seiner beengten Schwere verlor, weil er begriff, dass er endlich frei war, war die Welt vollkommen. Das Rufen am Ende des Universums wurde lauter. Und sie glitt mitten hinein.

Hotel

Da lag nun also eine Leiche in der Dusche. Es war beinahe zum Verrücktwerden. Nicht ganz, aber beinahe eben. Er überlegte kurz und dachte, dass dies der schlechteste Zeitpunkt dafür wäre um aus der Haut zu fahren. Zudem lohnte es sich hierfür auch wirklich nicht. Er kannte die Person in der Dusche ja gar nicht, hatte sie vielleicht einmal oder zweimal auf der Treppe im Vorübergehen gesehen. Und nun lag sie also da, die Haare noch trocken, was wirklich merkwürdig erschien, da die Leute ja gewohnheitsmäßig eher in nassen Duschen fallen als in trockenen. Und dass sie gefallen war, davon war auszugehen. Was sonst? Er stellte seinen Eimer ab und auch den Schrubber und konnte sich lange Zeit doch nicht entscheiden, ob er nun näher herangehen sollte. Was machte man denn in einer solchen Situation? Er konnte nicht umhin zu denken, dass seine gedankliche Formulierung ‚man' voraussetzte, es würde eine gewöhnliche, übliche Vorgehensweise dafür geben, wie mit einer plötzlich im Bad liegenden Leiche umzugehen sei. So etwas gab es natürlich nicht. Also setzte er sich auf den Boden, zog dafür den Badteppich zu sich heran und unter den

Beinen des Körpers hervor, die daraufhin seltsam weich zur Seite kippten. Ein kleines bisschen nur.

Er wollte den weißen Rücken anfassen um zu spüren, ob es anders wäre. Mit dem Fuß stieß er stattdessen die nackte Wade an. Sie schaukelte leicht. Wie wohl das Gesicht der Leiche aussähe? Er stand wieder auf, schaute um die Ecke des Mauervorsprungs, hinter dem die Dusche linkerhand in einer Nische lag, so dass kein Vorhang oder eine andere Art der kompletten Abdichtung nötig war. Er hatte es sich genauso vorgestellt. Die Leiche war auf den Kopf gefallen, als sie natürlich noch keine Leiche gewesen war, hatte das Gesicht nun von ihm abgewandt und ein kleines Rinnsal aus Blut lief von der auf den Fliesen liegenden Schläfe in den Abfluss. Fein säuberlich, wie es sich gehörte. Er würde seinen Schrubber gar nicht einsetzen müssen. Er mochte es, wenn die Menschen ordentlich und sauber waren. Nichts bereitete ihm mehr Ekel als unsaubere Menschen, die unsaubere Zimmer hinterließen und unsaubere Dinge sagten oder anfassten oder mit auf ihre Zimmer brachten. Wie Hunde. Oder Kinder. Im Zimmer nebenan wohnte ein Gast, der gleich beides mitgebracht hatte. Hätte nicht jener das Fläschchen nehmen und austrinken können?

Andererseits hatte er nicht darüber nachgedacht, was er mit dem Kind und dem Hund hätte anstellen sollen, wäre der Gast im Nebenzimmer in der Dusche umgefallen. So etwas musste doch durchdacht sein, sagte er sich nun. Für das nächste Mal wollte er sich merken, die speziellen Wasserflaschen aus dem Kühlschrank zu entfernen, sobald jemand mit Kindern oder Tieren einzog. Vielleicht sogar bei Paaren. Aber das führte zu weit. So würde er das Ganze komplett sein lassen müssen. Und wieder dachte er, dass es nun wirklich beinahe zum Verrücktwerden war. Aber eben nur beinahe. Viel schlimmer war, dass er nicht an die Verwesung gedacht hatte. Das mit dem ersten Blut hatte sich nun zum Glück von allein geregelt. Einem plötzlichen Impuls folgend stieß er sich von der gekachelten Mauer ab und ging hinüber in das Wohn- und Schlafzimmer. Es war, wie er es sich gedacht hatte. Fein säuberlich gefaltet lag die Kleidung auf dem Bett, welches ebenfalls so gut hergerichtet war, dass der Zimmerservice nichts mehr würde zu erledigen haben, wäre jemand anderes der Zimmerservice und nicht er, der die Ordnung so sehr liebte, dass er ganz selbstverständlich das Bettzeug noch einmal aufschlagen und falten würde. Er seufzte, als ihm einfiel, dass die Leiche ja nun quasi mit ihrem unglücklichen Unfall ausgecheckt hatte und er das Bett also ganz neu würde beziehen müssen. Er machte ein paar weitere Schritte, besah sich die beiden Koffer in mattem Kunstledergrau, die nebeneinander an der linken Wand neben der Tür standen. Alle Kleidungsstücke schienen im Flur an der Kleiderstange zu hängen, die Schuhe, alle schwarz bis auf ein rotes Paar, standen aufgereiht und frisch geputzt darunter. Nichts schien zu fehlen, nichts war zu viel, alles stand oder lag an seinem Platz, war sauber, ordentlich, fast perfekt.

Als die Person, die jetzt eine Leiche war, eingecheckt hatte, war er selbst nicht im Haus gewesen, hatte in der Stadt Besorgungen erledigt, den wöchentlichen Postgang, obwohl der Postmann täglich raus und zu ihnen auf den Hügel kam. Er traute dem Burschen mit dem zahnlosen Lächeln nicht. Hinter einem unordentlichen Äußeren steckte unweigerlich ein unordentlicher Geist. So dachte er. Also ging er selbst einmal pro Woche den Hügel unter den Kiefern hinunter, stieg in die Straßenbahn und fuhr die sieben Stationen, um die wichtigen Briefe auf die Poststelle zu bringen. Darum hatte er verpasst, diese Person lächeln zu sehen, als sie noch keine Leiche gewesen war.

Möglicherweise war das gut so. Er mochte blonde Locken. Das hätte es nur schwieriger gemacht. Nun würde er also ihretwegen noch einmal in die Stadt fahren müssen.

Es war erstaunlich leicht, den Beton und die Fliesen hinauf zu tragen, ohne dabei bemerkt zu werden. Er hatte einen 50-Kilo-Sack gekauft und ihn zusammen mit einer Handsäge und einer Holzlatte in einer Reisetasche auf Rollen von der Station den Weg und dann die Treppe hinaufgezogen. Den Eimer und den Besenstiel zum Anrühren hatte er mit dem üblichen Putzzeug im Bad stehen lassen. Würde er gefragt werden, würde er sagen, er habe einige Kacheln zu ersetzen, etwas Hartes müsse in die Dusche gefallen sein und sie beschädigt haben. Er würde sagen, er habe Sorge um das Duschwasser, und dass es in die Zwischendecke sickern könne, wenn er sich nicht umgehend und gründlich darum kümmere. Er fand, das klang glaubwürdig, weil es auf eine Art die Wahrheit war.

Nun stand er in dem Türrahmen zwischen Flur und Badezimmer vor den weißen, weichen Waden mit den weißen, matten Füßen, die aus der Dusche ragten, und die langsam bläulich zu werden schienen, als bemerkten sie erst jetzt, dass sie ja tot waren und ohne Blutversorgung. Es war ziemlich genau drei Stunden her, dass er die Leiche hier entdeckt hatte, und ihm fiel ein, dass sich ihr Darm entleeren könnte, und er hängte den Badteppich über die Heizung. Dann dachte er an die Leichenstarre, von der er überhaupt nicht wusste, wann sie einsetzen würde, oder ob sie das bereits getan hatte. Er dachte an das Blut, das inzwischen geronnen sein mochte, an aufgerissene Augen, üble Gerüche, willkürlich entweichende Lüfte. Plötzlich wurde ihm heiß. Er tat einen Schritt vor, schlug mit der linken Hand die Badezimmertür neben sich zu, riss mit der rechten den Toilettendeckel hoch und fiel auf ein Knie. Er hatte hier noch nicht geputzt, schoss es ihm durch den Kopf, als er über der Schüssel hing und seinem Erbrochenen nachsah. Der Gedanke an die Urinspritzer am Beckenrand direkt neben seinem Gesicht ließ ihn erneut würgen. Der Magen war leer. Seine allmorgendliche Appetitlosigkeit, die ihn auf ein Frühstück verzichten ließ, machte sich endlich einmal bezahlt. Mit mattem Schnaufen erhob er sich, drückte mehrfach den Spülknopf des Wasserkastens und ließ den Deckel sinken. Sein Blick war von den Tränen, die ihm während des Anfalls in die Augen gestiegen waren, verschleiert. Er wischte sich mit dem Handrücken hindurch, sah in sein Spiegelbild über dem Waschbecken, als er das Wasser aufdrehte, um sich Hände, Unterarme und Gesicht zu waschen. Der Anblick seiner Tränensäcke und der aschgrauen, alten Haut ließ ihn innehalten. Wer außer ihm würde sich wohl waschen, bevor er eine Leiche entsorgte?

Es war, wie er befürchtet hatte. Zwar nahm er an, dass sich der Darm jetzt gar nicht mehr entleeren würde, da er es noch nicht getan hatte, und die Blase immerhin schon ausgelaufen war. Doch hatte die Leichenstarre begonnen einzusetzen, war in die Finger und Zehen gekrochen, so dass er beim ersten vorsichtigen Anheben eines Beines, das er an einem Zeh emporzog, diesen mit einem Knacken brechen hörte. Er hatte nicht damit gerechnet, dass Leichenteile so schwer sein würden. So unförmig. Sie hätten schöner sein sollen, reiner, blanker, befreiter. Aber da war Luft, da waren ganz offensichtlich Körperflüssigkeiten, die sich in den herabhängenden Hauttaschen sammelten, und ihr den Anschein gaben, als wäre sie nun fetter als zuvor, eine fette, hängende, fahle Leiche, auf deren einer Schulter und Hüfte sich farbige Hämatome gebildet hatten, was vermutlich bewies, dass der Tod erst eine Weile nach dem Sturz eingetreten war. Er wusste nicht, wie lange.

Sie hatte sich nach dem Sturz nicht bewegt, so, wie der Kopf noch in dem Blut lag. Es waren vielleicht wenige Minuten der Bewusstlosigkeit gewesen. Oder Sekunden der bewegungsunfähigen Panik. Leise Hilferufe. Stöhnen. Hatte sie geweint? Hatte sie am Ende etwas gedacht? Er wollte es sehen, den letzten Ausdruck in ihrem Gesicht. Wollte ihn deuten. Sich mit der linken Hand an dem Wandvorsprung haltend lehnte er sich mit gebeugten Knien vor und über ihren gedrehten Oberkörper. Am ausgestreckten Arm nahm er das Ohr zwischen Daumen und Zeigefinger, zog daran, erst sanft, dann, als sich nichts rührte, einmal kräftig mit Bestimmtheit. Es hätte sich der Kopf drehen sollen, stattdessen gab das Genick nach und der Hals knickte in einem grotesken Winkel nach hinten. Für einen Moment flappte das Gesicht hoch, als sich der Kopf von der Seite ruckartig auf die hintere Kuppe drehte, und blickte ihn mit dummem Mund und Fischaugen an. Dann entglitt das Gewicht des Kopfes mit einer fast eigenwilligen Gegenbewegung seinen behandschuhten Fingern und er rollte wieder in die alte Position. Beinahe wäre er vornübergefallen, hätte den Halt an der Wand verloren. Der stumpfe Gummihandschuh auf den Kacheln bremste ihn. Eine dichte Wolke alten Schweißgeruchs wallte durch die kurze Bewegung der

Leiche auf, stieg ihm direkt in die Nase und ließ ihn so heftig würgen, dass er wieder zur Toilette stürzen wollte. Er wandte sich ab und stieß sich beinahe die Stirn an dem Mauervorsprung. Im letzten Moment wich er zurück, rutschte nun doch mit der Hand an den Kacheln ab, verfehlte mit der rechten die gegenüberliegende Wand und schlug sie stattdessen, als er wie in Zeitlupe vornüberfiel, mit einem klatschenden Geräusch der Leiche auf den nackten Hintern. Über dem Entsetzen, das dieses weiche Gefühl und der Anblick des schwabbelnden Fettes in ihm hervorriefen, vergaß er, den Arm als Stütze zu versteifen. Seine Füße glitten auf den Badezimmerfliesen aus. Zwischen seine Stirn und die nackte Pobacke konnte er im letzten Moment seinen Unterarm bringen, bevor er weiter nach vorn glitt, seine Schulter schmerzhaft auf die Fliesen in der Dusche krachte und er mit der Schädeldecke voran an der gegenüberliegenden Wand bremste. Er war wie ein Sack gefallen. Die Leiche furzte. Einmal, zweimal, bevor er merkte, dass er mit Schulter und Oberarm in Urin lag. Vielleicht war nun doch langsam der richtige Zeitpunkt zum Verrücktwerden. Die Gelegenheit jedenfalls, so fand er, war gerade recht günstig.

Als er sich aufgerappelt, das Shirt vom Körper gerissen, das Gesicht, die Hände, Arme, und den Oberkörper gewaschen und dabei immer wieder sehnsüchtig auf die besetzte Dusche geschaut hatte, ging es wieder. Er saß auf der Toilette und starrte die Füße und Waden der Leiche an. Er kam über diesen Punkt nicht hinweg. Es hatte nicht so kompliziert sein sollen. So dreckig. Jetzt würde er sich zusammenreißen müssen. Es konnte nicht mehr lange dauern, bis die Leiche vollkommen starr wäre. Dann würde es nicht mehr gehen, so wie er es gewollt hatte. Dieses Mal nahm er die Beine an den Fußgelenken und zog an beiden gleichmäßig, während er langsam rückwärtsging. Langsam zog er sie in den Raum. Unter der Schläfe lag die kleine Pfütze geronnenen Blutes, die er verschmierte, als er den Kopf darüber zog. Er ließ die Beine fallen, versuchte achtlos zu sein. Er erlaubte sich keine Neugier mehr, kein Interesse. Nicht nach den Fürzen und dem Urin und den Fischaugen. Dennoch nahm er eine Desinfektionslösung aus dem Putzeimer, sprühte die Blutschlieren ein und spülte sie und den Urin von den Fliesen. Zwischen ihnen waren die Fugen verfärbt. Dunkelrotbraun. Es störte ihn und war doch nicht mehr wichtig. Jetzt begann die eigentliche Arbeit. Zuerst musste er den Eimer leeren, Wasser und Beton mischen und die Masse in die Dusche kippen, nachdem er mit einem abgesägten Stück Rohr und einem Dichtungsring dafür gesorgt hatte, dass der Abfluss frei blieb. Der Beton würde beim Trocknen sein Übriges tun, um jegliches Leck zu vermeiden. Ohne auf ihr Gesicht zu sehen, legte er sie hinein. Er stellte sich über sie, ein Bein links ihres Brustkorbes, eines rechts, direkt an den Rand der Dusche, und zog sie an den Oberarmen wieder in die abschüssige Dusche, deren hinterer Teil schon von weichem Beton bedeckt war. Es gab ein sattes Geräusch, da wo ihr Kopf in die Masse fiel. Sie konnte dort bequem liegen, auf dem Bauch, mit den Armen flach neben dem Körper. Nur die Beine waren etwas zu lang, so dass er sie nach außen klappte. Die Knie knackten, als er sie ein wenig absurd nach außen und oben drehte, eine Bewegung, die den Bändern und Knorpeln nicht unmöglich war, unter anderen Umständen aber sicherlich einige Schmerzen verursacht hätte. Er mischte weiteren Beton und goss ihn in die Dusche. Dann setzte er die Latten an den ebenerdigen Duscheinstieg an, kürzte sie mit der Handsäge, lehnte sie als Schwelle von innen gegen die Seitenwand und die gefliese kleine Fußleiste und goss weitere Masse auf. Langsam stieg der Brei an, bis schließlich nur noch das dicke, weiße Gesäß und ein Teil des oberen Rückens aus der grauen Ebene herausragten. Er dachte an Dünen und tote Seehunde, die auf dem Rücken liegen. Er goss weiter. Da er vergessen hatte, vor Beginn der Arbeit das Badezimmerfenster über der Dusche zu öffnen, hatte er im Schlafzimmer beide Fenster groß aufgerissen. Draußen waren kaum mehr als 3°C, dennoch schwitzte er mit blankem Oberkörper vor Anstrengung, als er den Eimer schließlich auskratzte und feststellte, dass die 50kg tatsächlich gereicht hatten. Spätestens in zwei Tagen würde er mit dem Fliesen beginnen können. Es war vorbei.

Er räumte auf, wusch sich noch einmal, und verstaute Handschuhe, Socken und Shirt in einem Müllsack. Die Fenster ließ er offenstehen. Inzwischen war es dunkel geworden. Die Stadt leuchtete unter dem Hügel, und irgendwo heulten Sirenen. Erschöpft sah er sich erst in dem ordentlichen Schlaf- und Wohnzimmer, dann in dem sauberen Bad um. Es roch nach frischem Beton, und er hatte das befriedigende Gefühl, heute etwas geschafft zu haben. Erst als er das Apartment mit dem verknoteten Müllsack in der Hand von außen abschloss, hörte er das Wimmern durch die Tür des Zimmers gegenüber. Es klang nach einem Kind. Das Gefühl der

Erleichterung wich, und er seufzte tief. Es würde eine lange, lange Nacht werden und er würde seine Angestellte nach Hause schicken und für morgen beurlauben müssen. Er brauchte jetzt sehr viel Ruhe. Die vorbereiteten Wasserflaschen aus dem Kühlschrank waren nun beide leer. Zumindest darum musste er sich jetzt nicht mehr kümmern.

Bauchgefühle

Hinter einer dunklen Baumreihe ist das laute Rauschen einer Autobahn zu hören. Es ist die Straße der Teufel, denkt das kleine Mädchen und springt leichtfüßig über einen moosbewachsenen Stein. Zumindest hat ihre Mutter es ihr so beigebracht, ihr und allen anderen Kindern des Dorfes. Doch das Mädchen hat keine Angst vor den Blechteufeln, in denen verdorbene Seelen in die Hölle transportiert werden, die sich hinter den grauen, himmelhohen Steinblöcken mit langen Reihen eckiger Augen verbirgt. Sie hat überhaupt niemals Angst. Seit sie bei ihrer Geburt wegen des schweren Erdbebens nicht dem Heiligen Angsteinflößer zum ersten Angstschrei hingehalten werden konnte wie alle anderen - vernünftigen, normalen - Kinder, hat das Mädchen keine Angst. Diese einfache Tatsache hat ihr beinahe täglich das Leben erschwert und sie zum Außenseiter gemacht. Man hat in der Dorfrunde diskutiert, ob sie dem Heiligen Angsteinflößer noch nachträglich gezeigt werden sollte. Die Meinungen darüber, ob das dann aber auch den erwünschten Sinn hätte, gingen allerdings so weit auseinander, dass man begann darüber zu streiten, wer diese Tradition für

Neugeborene eigentlich ins Leben gerufen hatte. Niemand konnte irgendetwas nachweisen, keiner war alt genug um sich an eine Zeit vor der Angst-Tradition zu erinnern, und geschrieben stand darüber auch nichts, weil Schriftliches verboten war. Natürlich weiß auch hierbei niemand, warum und seit wann das so ist. Es hat ja keiner aufgeschrieben.

Das Mädchen hat sich um diese Dinge nie geschert. Sie weiß, dass die Zweiteilung des Dorfes, die eine notwendige Konsequenz aus dem Regelstreit gewesen ist, ihr zulasten gelegt wird, aber es kümmert sie nicht. Denn trotzdem ihre Mutter eine sittsame Bewohnerin ist, hat sie das Mädchen immer wieder dazu angehalten, nicht allzu viel auf das Gerede der Leute zu geben. Dabei hat sie in den Augen der Mutter oft genug deren eigene Angst vor diesem seltsam furchtlosen Kind gesehen und sich dabei nicht weniger ausgestoßen gefühlt als unter den verachtenden Blicken der anderen. Nun soll damit Schluss sein. Nie wieder will sie sich so ansehen lassen, nie wieder sich schämen müssen für das, was sie fühlt. Sie rennt weiter im Zickzack zwischen den Baumstümpfen und grün bewachsenen Moorflächen hindurch und gerät dabei kaum außer Atem. Sie ist in Übung. Ihre Wut und ihre Verzweiflung hat sie sich oft hier draußen von der Seele gerannt, indem sie so tat, als würde sie das Dorf verlassen und fliehen. Nun bleibt sie kurz stehen und verschafft sich einen Überblick über die Lage. Sie dürfte inzwischen außer Hörweite des Dorfes sein und sie muss sich keine Gedanken machen, dass sich auch nur ein einziger der Dorfbewohner hier heraus trauen würde. Ein wenig amüsiert sie sich sogar, wenn sie sich vorstellt, wie das Dorfoberhaupt wütend und ängstlich zugleich am Dorfrand steht, unfähig, auch nur irgendetwas gegen ihr Fortlaufen zu unternehmen. Noch nie hat sich jemand so weit und freiwillig aus dem Dorf heraus getraut. *Wieso ist das nur so?*, fragt sie sich. Hier draußen ist nichts. Die Hölle weit entfernt, zu weit, um an einem Tag hin und wieder zurück zu laufen. *Und was, wenn dort hinten gar keine Hölle ist? Kann das überhaupt jemand wissen, wenn nie jemand den Mut aufbrachte nachzusehen?* Schon immer hat das Mädchen gefühlt, dass es weiter draußen noch etwas Anderes geben muss. Etwas, das nicht unbedingt dazu führt, sich vor Angst die Haare zu raufen oder die Fingernägel in die Handflächen zu krallen.

Und sie hat dieses andere Etwas schon ein paar Mal beinahe gefunden. Manchmal erwischte der Älteste sie dabei, wie sie mit einem Strauß Blumen wiederkam, die niemand je zuvor gesehen hatte. Oder sie wurde dabei beobachtet, wie sie viel zu weit außerhalb der Gemeinschaft durch die Büsche strich.

Heute Morgen ist es dann passiert: Sie hat etwas empfunden, das ihr ein ähnlich lautes Geräusch wie einen Angstschrei entlocken wollte. Sie erinnerte sich, dass sie als kleines Kind, wenn sie mit ihrer Mutter allein gewesen war, manchmal ähnlich empfunden hatte. Und sie erinnerte sich an die Hand ihrer Mutter auf ihrem Mund und an die vor Schreck aufgerissenen Augen, mit denen sie gewartet hatte, ob jemand das Mädchen gehört hatte und kommen würde. Aber es kam nie jemand. - Nicht nur deswegen konnte es sich bei diesem Gefühlsausbruch unmöglich um Angst handeln, obwohl es die Mundwinkel und den Bereich um die Augen ähnlich verzerrte, und es ein kribbelndes Gefühl in der Magengegend auslöste. Heute Morgen hatte es ihr tatsächlich ein leichtes Glucksen entlockt. Sie hatte sich schnell, aber zu spät, auf den Mund gefasst. Der Älteste war gerufen worden. Er hatte sie aufgefordert, das Geräusch zu wiederholen um bestraft werden zu können. Es gelang ihr bei größter Anstrengung nicht, in Anwesenheit des zitternden

Alten und der vor Sorge wimmernden Mutter dieses Gefühl in sich zu finden. Man hatte ihr mit der Verstoßung gedroht. Trotzig hatte sie daher beschlossen, das ganz alleine zu erledigen. Immer weiter war sie in die dunklen Schatten des Waldes vorgedrungen, ohne auch nur ein einziges Mal auf eines der berüchtigten Monster zu stoßen, die hier draußen in den Moorwiesen wohnen sollen. Ihr war eingetrichtert worden, hier sei man verloren, ohne Nahrung und eine Möglichkeit des Unterschlupfes. Es hieß, hier lebten nur Ausgestoßene, Wahnsinnige und die Teufel. Doch je weiter sie nun kommt, desto weniger glaubt sie, was sie in ihrem Dorf gelernt hat. Sie fühlt sich freier und leichter. Es ist fast so, als ließe sie die gesammelte Angst aller anderen hinter sich und würde mit jedem Schritt dem ungewohnten, aufregenden Gefühl näherkommen, das sie am Vormittag verspürt hat.

Als sie einige Stunden gelaufen, dann gegangen und zuletzt interessiert und staunend um sich blickend geschlendert ist, fällt ihr auf, dass der Boden unter ihren Füßen fester wird. Auch die Bäume um sie herum haben nicht mehr den ihr bekannten graubraunen Blätterton. Zwischen einem Baum und dem nächsten liegt immer öfter ein Abstand, der es den

Sonnenstrahlen ermöglicht, durch das Blätterdach zu rieseln. Dort, wo es heller ist, ist es auch gleich viel wärmer, Insekten schwirren umher, Vögel singen, mit jedem Schritt, den sie geht, wird der Wald um sie herum lebhafter. Dann, einige Armlängen vor ihr, endet der Wald in einer Flut aus Sonnenlicht und Geräuschen. Noch immer hat sie keine Angst. Entschlossen tritt sie unter den Bäumen hervor. So etwas wie das hier hat sie noch nie gesehen. Überall stehen Blumen in den unterschiedlichsten Farben, sattgrüne Pflanzen, die süßlich duften, Früchte tragen und sich in Windböen wiegen, als wären sie lebendig. Ganz in der Nähe hört sie ein seltsames Geräusch, ähnlich dem, das sie früher als Kind manchmal aus Versehen machte und nicht machen durfte. Sie kann gegen die grelle Sonne, die sie nie zuvor so unverhüllt gesehen hat, lediglich einige Bewegungen ausmachen, schnelle, von großen Wesen. Ein Schatten löst sich daraus, kommt auf sie zu und wird immer größer. Direkt vor ihr bleibt er stehen und ragt nun eine ganze Kopflänge über sie hinaus. „Wer bist du?" fragt er mit der Stimme eines Jungen. Die Sonne wird von seinem Kopf verdeckt und das Mädchen kann ihn nun sehen. Er ist überhaupt nicht schmutzig, riecht nach gar nichts und steht kerzengrade, als hätte er sich noch nie in Furcht vor jemandem ducken müssen. Sie kann vor Staunen kein Wort sprechen. Ob sie gerade in den Wald gehen wolle, fragt er und zeigt auf die Richtung, aus der sie gekommen ist. „Dort wohnt in einem Dorf angeblich eine Sekte. Die Menschen sollen gefährlich sein", sagt er und hebt die Augenbrauen. „Die ältesten von denen leben dort schon ihr ganzes Leben lang. Sie lassen sich von einem irren Priester gefangen halten, der glaubt, dass die Welt bereits die Hölle ist, oder so. Und sie haben riesige Angst vor dem Kerl und seinen Fantasien. Also, geh da nicht rein, ok? Die behalten dich noch da." Er verzieht das Gesicht, für einen kurzen Moment denkt sie, dass er Angst hat. Aber obwohl sie seine gebleckten Zähne sehen kann, fühlt sie, dass er ganz und gar keine Angst hat. Wortlos nickt sie mit großen Augen, während der Junge einfach weiterredet: „Jetzt hab' ich dir aber Angst gemacht, was?" Er gibt ein lautes, bellendes Geräusch von sich, genauso eines, wie sie es als sehr kleines Kind getan hat. Sie dreht sich instinktiv um und schaut, ob jemand kommt. Der Junge hört auf zu bellen. „Oder *bist* du etwa eine von den Irren?", setzt er nach.

Das Mädchen schaut zu ihm hoch und überlegt gar nicht erst. „Keine Irre", sagt sie mit fester Stimme und lässt das Gefühl in ihrem Bauch zu, das sich kribbelnd emporwindet, als der Junge bei dieser Antwort wieder seine Zähne zeigt. Zuerst grinst sie nur verlegen zurück. Erst ein kleines bisschen zum Üben, dann immer breiter. Und schließlich lacht sie laut und herzhaft. Einfach so. Weil sie frei ist. Weil es Spaß macht. Weil die Sonne so schön scheint und auf der Nase kitzelt. Und zum allerersten Mal weiß sie, dass dieses Gefühl in ihrem Bauch vollkommen normal ist. Ganz gleich, was all die anderen sagen.

Fische sind keine guten Zuhörer

14.08.1912

Meine Liebe! Wir haben die Tejo-Bucht bei Lissabon am heutigen Vormittage verlassen. Die See liegt glatt. Schon bald werden wir in Rotterdam unseren nächsten Landgang haben. Nach der Langeweile der vielen Tage an Land, in denen wir auf unsere Ladung warteten, sind meine Beine nun endlich wieder trittsicher an Bord. Die Hitze des Südens bekommt mir nicht, wie du weißt. Ich sehne mich nach der frischen Ruhe der spätsommerlichen Heimat und nach deiner kühlen Hand. Was wirst du Augen machen, wenn du siehst, was ich dir mitgebracht habe!

17.08.1912

Liebste, ich wünsche, deine Nacht ist ruhiger gewesen als die meine es war. Die See ist mir in den letzten Tagen keine gute Freundin mehr. Wir werden uns im Anschluss an diese Fahrt für eine Weile trennen

müssen. Das wird auch dich freuen, denn ich habe vor,
mit dir eine Landpartie anzugehen. Wir wollen uns
nun endlich ein kleines Häuschen suchen für dich und
die Kinder, nahe der Elbe und ferner des
Stadttumultes. Nicht wahr? Ein Gärtchen für dich
wird auch nicht fehlen. Du wirst dir vielleicht einen
Hund zulegen für die Zeiten, in denen ich auf See bin.
Das wolltest du doch immer. Es wird dich freuen zu
hören, dass ich zu dir als Obermaat zurückkehre und
einen erheblicheren Lohn mitbringe, der uns einiges
erleichtern wird.

Heute gehen die Wogen hoch. Stürme sind angesagt,
verfrüht aus dem Herbst sollen sie über den Atlantik
kommend vor der belgischen Küste toben und weiteres
Unwetter nach sich ziehen. Kapitän Schneider ist
unbesorgt. Und auch die Mannschaft hat's eilig und
will nicht warten müssen auf die Heimat, sondern
lieber dem Wetter trotzen.

19.08.1912

Beinahe haben wir die halbe Seestrecke zurückgelegt.
Das Wetter ist uns hold. Wir können nicht klagen,
zumindest nicht darüber. Ich klage aber doch seit der

heutigen Nacht. Ein Stück Graubrot, auf dem ich aus Langeweile und gegen herannahenden Hunger in guter Voraussicht herumkaute, brach meinem Backenzahn seine starke Hülle. Ich habe gleich nach meinem Dienst den Arzt aufgesucht. Doch Doktor Hoygen gab der Wahrheit gemäß an, da könne nur ein ausgebildeter Dentist etwas ausrichten, und ihm fehle jegliches Utensil wie auch die Kenntnis der Zahnheilkunde im Genauen. Ich werde es aushalten und mit Branntwein spülen müssen. Noch sind es einige Tage bis Rotterdam.

25.08.1912

Es ist genau Mitternacht. Unter einem klaren Himmel scheint der Vollmond. Zuletzt habe ich eine solche Nacht in Indien erlebt. Ich kann die Moskitos hören, wenn ich meine Augen schließe. Wenn ich sie wieder öffne, kann ich die Sterne im Einzelnen zählen und mich fragen, ob auch du sie wohl siehst. Wie ich dich kenne, schläfst du ruhig und fest, und selbst wenn du es versuchtest: der Hamburger Nachthimmel wird dir die Sicht auf die Sterne verleiden. Mein Backenzahn hat sich zu einer großen Misere entwickelt. Beinahe möchte ich mir einen Metzger herbeiwünschen. Das Pochen des Blutes in meinem Kopf lässt keinen Schlaf kommen. Immerhin, wir gleiten wie auf Schienen, nachdem wir wegen starker Winde nur langsam vorankamen. Rotterdam ist endlich nah. Morgen schon gehe ich von Bord und bringe diese Briefe auf die Post, noch bevor ich mir einen Dentisten suche. Vielleicht wird es die letzte Post sein, ...

Hier bricht die Stimme der Vorleserin ab und diese hebt, geschüttelt von einem Schluchzen, das knittrige Briefpapier vor ihre verweinten Augen. Hastig springt ihre Schwester von der vordersten Kirchenbank in der Reihe der trauernden Familie auf und eilt ihr zu Hilfe. Doch die junge Witwe wehrt den helfenden Griff ab und schnäuzt sich dezent hinter dem Brief, den sie danach aufatmend und um Fassung ringend wieder in ihren Schoß sinken lässt. Sie ist keine dreißig Jahre alt, hat helles, lockiges Haar, das nun unter einem schwarzen Hut streng hochgesteckt ist. Es ist ein warmer Sommertag, und draußen auf dem Kirchplatz flimmert die Luft. Die schwere, schwarze Leinenkleidung macht dem Kreislauf zu schaffen, besonders einem, der sich nach schlaflosen, durchweinten Nächten geschwächt fühlt.

Neben der Schwester der Trauernden und ihren zwei Brüdern sitzen in der ersten Bank, direkt vor dem aufgebahrten, leeren Sarg, die Kinder des Verblichenen, ein vierjähriger Junge und ein neunjähriges Mädchen. Der Junge trägt eine Seemannsmütze zu dem schwarzen Anzug. Man hat versucht, es ihm zu verbieten, da seine Mutter bei dem Anblick in Tränen ausbricht, doch das Kind beharrte darauf. Der Junge ist stur, wie sein Vater es war, und er will zur See fahren wie ebendieser. Ihn zu suchen und zu finden und zurückzubringen, gelobte er feierlich auf die Mütze, als er sie zum ersten Mal aufsetzte. Damit die Mutter aufhören könne zu weinen. Noch gar nicht lange ist es her, dass die schreckliche Nachricht sie erreichte und eigentlich hatte sie immer damit gerechnet.

Acht von zwölf Monaten verbringt sie allein, während der Mann zur See fährt. Viel Geld ist dabei nie hereingekommen, aber es reicht, und irgendwann, in ein paar Jahren, hätte er sich eine andere Arbeit gesucht, auf dem Land und mit abendlicher Heimkehr. Vor ein paar Tagen waren die Briefe gekommen, die sie nun in ihren Händen hält. Sie setzt erneut an, will weiterlesen, schafft es aber nicht. Jetzt ist der älteste Bruder da, ein kräftiger Mann, nimmt sie sachte an den

Schultern und führt sie auf ihren Platz in die Reihe der Familie. Viele Gäste sind nicht gekommen, die Reise ist für Alte zu beschwerlich in der Sommerhitze. Aber die Angehörigen der restlichen Schiffsmannschaft sind da. Man trauert gemeinsam eines Unglücks wegen, das Neptun hätte verhindern können. Stattdessen hat er die *Petunia* genommen mit Mann und Maus, hat sie verschlungen in einem Sturm, der sie auf den Grund des Atlantiks gezogen hat, den sie zuvor schon so oft sicher durchquert hatte. Noch weiß man nicht, wann genau es zu dem Unglück kam, die Post aus Rotterdam ist das letzte Lebenszeichen von Bord. Im niederländischen Hafen verzeichnete man die Abfahrt des deutschen Handelsschiffes nur zwei Tage nach dessen Ankunft, danach hörte niemand mehr von ihm. vorgestern hätte es ankommen sollen und kam nicht.

Sie sitzt da und lauscht dem Rauschen des Wassers, das aus jedem Wort des Priesters zu strömen scheint. Er hält seine Rede neben dem leeren Sarg. *Leer*, denkt sie, *ist er, und wird leer in die Erde sinken.* Leer wie ihr Herz, leer wie die Stelle in ihrem Ehebett, leer wie die Vaterrolle, die ihre Kinder so sehr brauchen, leer wie die Rolle des Ernährers, die sie so sehr braucht. Kaum schafft sie einen Atemzug, ohne gurgelndes Wasser in ihrer Kehle zu spüren, wie er es gespürt haben muss, als er sank, tiefer, immer tiefer, auf den Grund der erbarmungslosen See.

Der Priester bittet zum Gebet. Die Anwesenden erheben sich, falten die Hände, schließen die Augen, beten. Minuten vergehen. Am Ende hat sie nicht gebetet, sie hat es nur geschafft, aufrecht zu stehen, nicht zu fallen, nicht schwach zu werden. Nun heben die Träger den Sarg. Die Leichtigkeit, mit der dies geschieht, erinnert sie wieder daran: *Er ist leer.* Mechanisch nimmt sie die Hände der Kinder, folgt dem Sarg, indem nichts ist, durch die Kirche in Richtung des Friedhofes.

Draußen blendet die Sonne. Gleißendweißes Licht fällt durch die sich öffnenden Kirchentüren. Sie gehen schwer, ächzen leise in den großen Angeln, während der Priester und die ihm folgende Prozession sie durchschreiten. Wie in Zeitlupe geschieht all das. Nur das Licht ist schnell wie immer, trauerlos und ohne Rücksicht. Als hätte jemand seine Strahlen aus einer Milliarde weit entfernter Gewehre abgefeuert, schießt es herab und dringt schmerzhaft in die verweinten, müden Augen. Die Witwe zieht schützend den Schleier vor die ihren, taumelt blind, klammert sich zittrig an den Arm ihres stützenden Bruders. Wenige Schritte sind es über den staubigen Weg, sie kann dort vorn schon die Grube sehen, die Kränze und einige völlig sinnlos im Sonnenlicht brennende Kerzen. Dann springt die Zeit, und die Sargträger sind schon am Grab, lassen mit den letzten Segenssprüchen des Priesters die leere Kiste hinab ins Dunkel. Sie will nachspringen, will sich hineinlegen, will schreien, will diese Leere nicht mehr, nicht in der Grube, nicht in der Kiste, nicht in ihrem Kopf, dem Herzen und den kommenden Nächten, sie will alles, nur nicht diese grauenvolle, saugende, zerrende Leere! – Und als sie ihr nachgibt und sich in das Nichts sinken lässt, als ihre Knie nachgeben, als wären auch sie leer, ohne Knochen und Fleisch und ohne überhaupt irgendetwas, das noch Widerstand leisten könnte, hört sie von irgendwoher seine Stimme schon rufen. *Liebste!,* hört sie ihn, und es klingt schon so nah, dass sie sich gänzlich in den kratzigen, warmen Sand sinken lässt und flüstert: *Ja! Ja, hier bin ich, ich komme und folge dir nach!*

Dann ist ein Schatten über ihr, verdunkelt die Sonne und hebt sie empor. Starke Arme tragen sie, fühlen sich bekannt und sicher an, auch wenn jetzt von irgendwo entsetzte Schreie in ihr Bewusstsein dringen, die ihr und ihrem Träger zu folgen scheinen. Wer trägt sie da und wo bringt er sie hin? Was geschieht mit ihr? Eines der Kinder beginnt hinter ihr laut zu weinen, es ist das Mädchen, während der Junge ruft: *Vater! Vater, du bist da!* – Und als sie die Augen aufschlägt, sieht sie genau in die seinen, strahlenden, die voller Leben sind, als hätte es diese letzten Tage niemals wirklich gegeben. Als wäre er nicht mit der *Petunia* auf den Grund des Atlantiks gesunken, sondern wäre in Rotterdam wegen eines entzündeten Backenzahnes zurückgeblieben und nun erst, verspätet zu seiner eigenen Trauerfeier, mit einem anderen Schiff in den heimischen Hafen zurückgekehrt.

Saxophon

Er trieb auf seinem Bett wie auf Gelee und fragte sich, was von ihm an diesem Punkt noch übrig war. Gab es ihn als den Mann, den er kannte, überhaupt noch? Was war er denn? War er mehr als der, der hier auf dem Bett lag und hinaus in ein Meer aus Nichts und blauem Staub trieb?

Zuerst hatte es ihn ausgefüllt, das Neue. Die Kollegen, die Arbeit, die Aufgabe, die Anerkennung, die Frau. Es war einem Rauschzustand gleichgekommen, nein, es *war einer gewesen*, einer, aus dem er wie aus einem wunderbaren Traum nie wieder hatte auftauchen wollen. Auf Wellen der Freude war er gesurft, jeden Morgen aufgestanden mit der freudigen Erwartung auf die Geschehnisse des Tages, auf seine Herausforderungen. Ihn trug die Gewissheit, dass er an jedem Abend, wenn die Tür hinter ihm zufiel, ganz genau würde sagen können, was er den ganzen Tag über getan hatte. Dafür lohnte es sich. All die unbezahlten Stunden, die er über den Dächern der leuchtenden Stadt im Dunkel des Großraums vor dem einäugigen Strahl seiner Schreibtischlampe saß und einhändig

Zahlen und Buchstaben und Nonsens auf seiner kabellosen Tastatur tippte, während er ebenso einhändig Thai-Nudeln aus einem Pappbecher gabelte. Die Staubsaugerdamen kannten ihn und lächelten manchmal. Die Hübsche aus dem Büro ganz vorn hinter dem Empfang kam manchmal vorbei, kurz nur, um zu fragen: *Bist du immer noch hier? Na dann, gute Nacht.* Er mochte ihr Parfum und die Art, wie sie in ihren roten Pumps auf die Fahrstühle zuging. Er wollte sie nicht, ohne zu wissen, ob sie *ihn* gewollt hätte, oder ob er sie hätte haben können. Er wollte sie nicht, weil sie in das Bild gehörte, das Puzzle, dieses Mosaikbildchen, in dessen alte Kanten und Formen er als Neuer sich hineinpressen wollte. Er spürte es an jedem einzelnen Tag in jeder einzelnen Faser seines adrenalingesteuerten Körpers. Er wollte, er musste sich in dieses Bild pressen, und er saß mittendrin, obenauf, auf dieser einen Lücke, wegen der er überhaupt erst hierhergekommen war, und versuchte sich an all den anderen Steinchen abzuwetzen ohne zu splittern und hässliche Sprünge zu bekommen. Ohne aus dem Rahmen zu fallen und ausgewechselt werden zu müssen. Er war dort und er wollte gefallen. Und darum wollte er die Hübsche mit den roten Pumps nicht, weil sie ihn herausgezogen, und er sein Adrenalin jede Nacht in sie statt in das Büro gepumpt hätte. Darum also.

Er war kein Streber, war es nie gewesen. Er war auch nicht faul. Er war ein Jedermann in einer beliebigen Stadt mittlerer Größe, die von den Landleuten, die zum Studieren kamen, als Großstadt bezeichnet wurde, während die Touristen aus der Hauptstadt, die hier am Meer ihre Ferien verbrachten, sie als Dorf belächelten. Er war immer hier gewesen. Er hatte nie darüber nachgedacht wegzugehen. Es gab keinen Grund zum Fortgehen. Es war alles hier und würde es immer sein. An jeder Ecke gab es einen Job, den er mehr oder weniger lange mit mehr oder weniger Freude verrichten konnte, unabhängig von seiner guten Ausbildung, die schon lange keinen mehr interessiert hatte, nicht einmal ihn selbst. Irgendwann hatte er einmal davon geträumt, etwas Besseres zu werden. Jetzt wusste er nicht mehr, was das hätte sein sollen, etwas Besseres. Jeder Tag konnte besser sein als der zuvor und jeder danach schlechter als der gewesene. Was spielte es also für eine Rolle, wer man war, und vor allem, wo?

Über die Jahre hinweg hatte er aufgehört sich die Beschaffenheit der einzelnen Firmen und Büros zu merken. Er war sich gleichfalls sicher, dass er nicht einen einzigen seiner ehemaligen Vorgesetzten auf der Straße erkennen würde, weil ihre Gesichter sich zu sehr ähnelten, und weil auch die gebleichten Zähne die gleichen waren und die solariumgebräunten Ohren unter den getönten Haarsträhnen, die in der immer gleichen Frisur fielen, weil die ungelernten Teenie-Friseurinnen ihren Kunden erzählten, dass es sie jünger wirken ließ. Vielleicht taten sie es für die Hübsche mit den roten Pumps. Solche Gedanken machte er sich manchmal. Dann fiel ihm wieder ein, wo er war, und er tippte weiter einhändig auf der kabellosen Tastatur, oder klickte sich mit der kabellosen Maus durch Statistiken, die er nicht verstand, obwohl er doch jeden Tag mit ihnen arbeitete, sie vervollständigte oder zusammenschnitt, und sie seinen Kollegen hin und wieder sogar erläutern musste. Aber das war, als würde er ein Gedicht aufsagen, dessen Bedeutung er nicht kannte, und bei dem nur der Reim am Ende einer Zeile ihn dazu brachte, den richtigen Rhythmus anzuschlagen.

Und dann war es passiert, ganz plötzlich. Eines Morgens war er aufgewacht und hatte an die Hübsche gedacht und an ihre blonden Locken, und ihm war# eingefallen, dass sie hin und wieder diese blaue Bluse mit dem tiefen Ausschnitt trug, bei der sie immer einen Knopf mehr offenließ, als es schicklich gewesen wäre. Dabei hatte sich etwas unter seiner Decke geregt, dass in seinen jüngeren Jahren ganz automatisch an jedem Morgen da gewesen war, ihm aber nun vorkam wie das Gefühl des ersten Frühlingsmorgens nach einem endlosen, saukalten Winter. Oder wie der befreiende Klang des Saxophons nach den langen, schläfrig seichten Melodien mancher Jazzstücke, die er früher so gerne gehört hatte. Er hatte an seine Kindheit gedacht, an die Bäume im Park, die Tauben, die vor den kläffenden Hunden davonstoben, und an die steife Brise, die wehte, wenn der Wind von der See her kam. Und dass es dann immer nach Fisch gerochen hatte auf seinem Weg zur Schule. Ihm war vor dem Spiegel beim Zähneputzen seine Halbglatze aufgefallen, als wäre sie über Nacht entstanden, und beim Anziehen der Hose sein Bauch, der bei all den Thainudeln eigentlich gar nicht so schwabbelig hätte werden dürfen, es aber nun doch geworden war.

Also hatte er beschlossen, sich auf dem Weg zu seinem Büro in einem Fitnessstudio anzumelden, aber als er sein Wohnhaus verlassen hatte, wusste er nicht mehr, in welche Richtung er gehen musste. Nicht, dass er die

Fitnesscenter in seiner Umgebung nicht kannte, das war es nicht. Er war in dieser Stadt am Meer groß geworden. Er kannte all ihre Straßen und verband mit den meisten ihrer Ecken Erinnerungen an seine Jugend und frühen Erwachsenenjahre. Das war es nicht gewesen. Es war, dass er nicht gewusst hatte, welcher Weg ihn zu seinem Arbeitsplatz führte. Er schüttelte mehrfach den Kopf, unwirsch, als wolle er eine lästige Fliege abwehren. Aber es kam nichts, keine Erinnerung. Es war zum Verrücktwerden. Er stellte seine Arbeitstasche ab und legte die Hand an seine Schläfe, massierte sie leicht, nahm die zweite Hand dazu, massierte sich beide Schläfen, und ließ die Menschen vorbeiziehen, die alle wussten, wohin sie gehen sollten, und wohin sie gehörten. Er legte die Stirn in Runzeln, als ob das etwas bringen würde hinter ihr, im Inneren seines Kopfes. Aber es half nichts. Als er seinen Hut abnahm, um sich den Angstschweiß von der Stirn zu wischen, fiel sein Blick beim Senken des Kopfes auf die Arbeitstasche zu seinen Füßen. Wie ein Geistesblitz durchfuhr es ihn, er lachte beinahe laut auf vor Erleichterung, und weil er nicht früher darauf gekommen war, sie einfach zu öffnen und auf seine Unterlagen zu schauen, auf all die Statistiken, die er abends auf dem Sofa durchgegangen war, und die in der oberen rechten Ecke einer jeden Seite das Logo der Firma auswiesen. Er riss die Tasche auf. Aber da war nichts. Nicht nur kein Logo. Es waren auch keine Statistiken da, keine Blätter, gar nichts. Seine Tasche war vollkommen leer, und er wusste nicht, ob er gestern auch Unterlagen mit nach Hause genommen hatte, ob er überhaupt an Statistiken gesessen hatte am gestrigen Tag. Er dachte an das Büro, aber da war nur die Hübsche in den roten Pumps und der blauen Bluse, und sie warf ihre blonden Locken mit einer lasziven Kopfbewegung in ihren Nacken und lächelte ihn an. *Bist du immer noch hier? Na dann, gute Nacht.* Mehr war da nicht. Es ärgerte ihn in einem plötzlichen Wutanfall, dass er nie etwas erwidert hatte auf ihre Worte. Er hatte immer nur gelächelt, wie sie, aber ohne blonde Locken und überhaupt ohne irgendetwas, das erwähnenswert gewesen wäre.

Er drehte um, schloss die Haustür auf und ein paar Treppen höher auch die Wohnungstür, und legte sich auf sein Bett. Er lag da und rührte sich nicht. Denn irgendwo in seinem Inneren hockte nach jahrelangem Schlaf nun dieses frisch erwachte Tier mit gebleckten Zähnen. Er hatte es geweckt, und würde er aufstehen und nur einen Schritt dorthin zu gehen versuchen, in das Mosaikbild, das irgendwo in dieser Stadt sein musste, das aussah wie alle Bilder, und mit dessen Statistiken er alles und nichts hätte beweisen können, würde das Tier ihn anfallen, sich in seiner Kehle festbeißen und all die Ruhe der Jahre zunichtemachen, in denen er so gleichförmig und unscheinbar vor sich hingelebt hatte. Und auch ihn würde es vernichten. Das wusste er. Also blieb er still liegen und ließ sich treiben und dachte ab und zu an rote Pumps und blaue Blusen, bei denen ein Knopf mehr offenstand, als es schicklich gewesen wäre.

Auf dem Gehweg, ein paar Stockwerke tiefer, stand eine leere Tasche mit einem in ihre Außenseite eingeprägten Firmenlogo.

Prometheus

Er lag auf dem Boden seines Wohnzimmers und wischte sich mit dem Handrücken Schweiß von der Stirn. Als er die roten Schlieren auf seiner Hand sah, tanzten für einen Moment wieder kleine Blitze vor seinen Augen. Er fürchtete eine erneute Ohnmacht. Die Blitze verschwanden, kamen aber nur einen Moment später umso intensiver zurück. Es dauerte eine Weile, bis er begriff, dass sie nicht in seinem Kopf entstanden, sondern zu dem Feuer gehörten, das er nun, als sich seine Augen scharf stellten, auch direkt vor sich auflodern sah. Später sollten die Nachbarn und Feuerwehrleute ihm erzählen, dass er mittendrin gesessen hatte, zwischen glühenden Holzscheiten, kokelnden Teppichresten, schmelzenden Bilderrahmen, Blumentöpfen und Dekorationsartikeln, die seine Frau über die Jahre und Jahrzehnte zusammengetragen hatte. – Offenbar hauptsächlich für dieses gemeinsame, heiße Finale, welches sie nun alle in einen großen, geschmolzenen, unkenntlichen Nippesleichnam verwandelte. So würde er es sich später vorstellen, rückblickend, wenn er die Erzählfragmente der Feuerwehr und Zeugen zusammentragen und ihnen Bilder aus seinem Gedächtnis zuordnen würde.

Für den Moment aber saß er wie in Watte gepackt vor dem großen Feuer und dachte an die Abende im Ferienlager. Beinahe konnte er die dunklen Tannenschatten um sich herum erkennen, die in den schwarzen Himmel ragten. Aber da war jetzt kein Himmel über ihm, sondern seine vertäfelte Wohnzimmerdecke, und sie war viel zu hell, als dass man die Sterne auf ihr hätte erkennen können. Dabei waren ja schon alle Lichter aus und nur das Feuer brannte noch. Er zog die Beine an, weil seine Zehen heiß wurden. Dabei stach er sich einige winzig kleine Glasscherben in die Haut und ächzte auf. Langsam kam seine Erinnerung zurück. Er hatte den Ofen angezündet, seine Frau hatte Scheite nachgelegt, war zu den Nachbarn gegangen, er war geblieben, und dann war ihm, während der Tagesschau und seinem Feierabendbier, die Welt um die Ohren geflogen. Es musste einen riesigen Knall gegeben haben. Aber er hatte gar nichts gehört. Er hörte auch jetzt nichts. Erschrocken hob er die Hände an die Ohren, presste sie auf die Muscheln, nahm sie wieder fort, war sich dann sicher: er hörte absolut gar nichts. Darum also auch diese Stille. Trotz des Feuer und der umherflatternden kleinen Glühwürmchen. Genau wie damals im Ferienlager. Nur dass sie jetzt aus der brennenden Gardine herausstoben und aus dem Wandteppich von den Schwiegereltern. Er hatte das Ding nie leiden mögen. Nun ging es den Weg seiner Bestimmung wie die Kuckucksuhr aus dem Schwarzwald oder die Urne mit dem verstorbenen Kaninchen. Gerne hätte er die Gartenzwerge von der Terrasse hinzugeholt. Aber an der Tür brannte es besonders stark und er wollte sich die Socken nicht beschädigen. Darum zog er die Füße noch ein Stückchen weiter an, stützte sich auf die Ellenbogen und richtete sich in eine sitzende Position auf. *Hab' ich es dem Mistkerl endlich gegeben!,* schoss es ihm durch den Kopf, aber dann fiel ihm ein, dass dies ja gar nicht das Wohnzimmer des Mistkerls war sondern sein eigenes. Tränen der Wut stiegen ihm in die Augen. Das passte gar nicht zu ihm, weshalb es vielleicht auch der Ruß und der beißende Rauch waren, die ihn weinen ließen. Warum hatte er bloß seiner Frau nichts von dem manipulierten Holzscheit erzählt? Er wusste es genau: Weil sie zu weich war, zu nett, immer allen etwas geben und jedem eine Freude bereiten wollte. Weil sie niemals auch nur eine einzige Bitte ausschlagen konnte, keinem schaden wollte, und überhaupt ganz anders mit den Menschen und Tieren umging als er es tat. Darum stand ja auch die Kaninchenurne auf dem Regal neben dem Ofen. *Hatte gestanden*, verbesserte sein Gehirn. Weil seine Frau so eine fürsorgliche Nervensäge war, hatte sie ihn auch daran gehindert, den regelmäßigen Feuerholzdiebstahl aus ihrem Garten den Behörden zu melden. Oder selbst jemanden zu fragen, den er im Verdacht hatte. *Kannst du nicht machen,* hatte sie gesagt. Das sei viel zu unhöflich und außerdem verdächtige er bestimmt immer die falschen, und dann hätten sie hinterher auf ewig Beef mit diesen Nachbarn, die er da verdächtigt hatte. Ihm war das egal gewesen. Lieber ewigen Beef als dauernd für Schmarotzer aus den eigenen Reihen Holz bereitlegen, war seine Meinung. Er wusste doch ganz genau, dass es einer aus der Nachbarschaft sein musste. Er hätte doch ansonsten schon längst jemanden mit einem Wagen vorfahren sehen oder entsprechende Spuren gefunden.

Aber weil Diskussionen dieser Art nun einmal zu nichts führen, und ein Mann nun einmal tun muss, was ein Mann tun muss, hatte er die Sache selbst in die Hand genommen. Er hatte seinem Bruder davon erzählt und ihm auch von seinem Plan berichtet. Der war begeistert gewesen und gerne bereit, ihm auszuhelfen. So eine Patrone Schrot, was kostete die schon? *Wenn was schiefgeht*, hatte sein Bruder nachgeschoben, habe er damit allerdings _nix to doon_. Aber was sollte schon schiefgehen? Und außerdem muss halt bezahlt werden. Hier. Nicht erst in tausend Jahren, wenn die Höllenreiter kommen und alle über einen Kamm scheren, sondern Jetzt, wenn die Taten noch frisch sind. Also nahm er die Schrotpatrone, und steckte sie Zuhause in seiner Werkkammer in das Loch, das er in einen, wie er fand, besonders schönen Holzscheit gebohrt hatte. Die restliche Öffnung versiegelte er mit einem abgeschnittenen Korken, bevor er das Holz in die zweite Reihe genau des Stapels mischte, an dem sich der gemeine Feuerholzdieb seit Monaten schon vergriff. Ab dann hieß es: Warten. Und so wartete er. Es vergingen zwei Tage, drei, vier, und noch immer hatte niemand bei ihm Holz geklaut. *Deivel nommal!* Jetzt musste der Kerl aber bald zuschlagen! Und dann, irgendwann am heutigen Vormittag, hatte seine Frau darauf bestanden, den Ofen anzuheizen. Im Spätsommer. Sollte ihm gleich sein, nur Feuerholzholen hatte er sie geschickt. An das Scheit hatte er dabei nicht gedacht. Zugegeben, dachte er nun, während er dem Bonsai auf der Fensterbank bei einem grotesken Feuertanz zuschaute, das war nachlässig gewesen. Er hätte ihr vielleicht besser sagen sollen, von welchem Stapel sie das Holz hatte nehmen sollte. Aber nun war es ja zu spät. Und außer seinem Bruder, der jetzt natürlich mit der Sache *nix to doon* hatte, weil ja was schiefgegangen war, wusste niemand etwas davon. Weiter konnte er nicht denken. Unter der Deckenvertäfelung leckten orange Zungen nach mehr Beute, und gerade als ihm klarwurde, dass er nun niemals erfahren würde, wer der gemeine Feuerholzdieb war, sah er die Feuerwehr durch eine Zimmerwand brechen und verlor das Bewusstsein.

Seine Ohnmacht hielt nicht lange. Auf der Hofeinfahrt, in der ein Wasser speiender roter Drache stand, dem zu seinen Füßen lauter dunkelblaue kleine Kobolde mit lustigen Hüten huldigten, kam er wieder zu sich. Er versuchte sich aufzurichten, als er feststellte, dass drei der Kobolde ihn auf eine Trage geschnürt hatten. Am Straßenrand, neben einem zweiten, rotweißgestreiften Drachen mit blauen Blitzen auf dem Kopf, stand seine Frau. Auch all die anderen waren da, die Nachbarn, die er schon so lange kannte. Und von denen ihm ein ganz besonderer Halunke das Feuerholz gestohlen hatte, wegen dem all das hier erst aus den Fugen geraten war.

Diese Kleinstadtidylle, in der zuvor noch nie Drachen getobt hatten oder jemand so offensichtlich seine Freunde bestohlen hatte. Er war fest entschlossen, nicht ohne die Wahrheit dieses Grundstück zu verlassen. Mit aller Wut richtete er sich auf, befahl den Kobolden, die ihn trugen, ein scharfes *Halt!*, und schaute jedem Einzelnen in der Menschenmenge direkt in die Augen. Und als er gerade in einem Gesicht ein reuiges Funkeln zu entdecken glaubte, sah er es in einem anderen, und noch einem anderen, und wieder in einem weiteren. Mit einem Mal schien jeder sich mit gesenktem Blick zu entschuldigen, und er verstand nicht, wie das sein konnte, bis sein Blick auf den seiner Frau traf.

- Die so gut war, dass sie niemandem eine Bitte abschlagen konnte, so freundlich, dass Schenken für sie eine Freude war, und die ihm nicht alles erzählte, von dem sie wusste, er würde es doch nicht verstehen. Er vergab ihr. In dem Moment, in dem der Dachstuhl ihres gemeinsamen Hauses einbrach, vergab er ihr mit nur einem einzigen Kopfnicken. Und auch sie vergab ihm. Hatte sie doch immerhin hinter seinem Rücken monatelang den Prometheus gespielt und den Menschen klammheimlich Feuer gebracht.

Zeitlos

Vor den Fenstern hängen keine Gardinen. Es ist eines der frühen Bauwerke, und das zeigt sich nach außen nicht nur aber auch an den altmodischen, passgenauen Plissees in Pastelltönen. Sie schirmen ab, verdunkeln notfalls und sie waren modern, als die Gemeinschaft gegründet wurde. Drinnen erkennt man es an der Klaviermusik, die leis aus den Wänden klimpert, und dem leichten Geruch nach Handcreme, Vanillekerzen und Teppichreiniger. Bis auf die Musik gibt es kein Geräusch. Nur jemand mit besonders feinem Gehör - und niemand der hiesigen Bewohner besitzt noch ein solches - würde das leise Surren der Klimaanlage vernehmen, welches aus dem Gesellschaftsraum dringt. Er liegt linkerhand des langen, hellen Flures, dessen komplette rechte Seite eine Glasfront mit Blick auf die Terrasse, den runden, venezianischen Springbrunnen und den kleinen Erholungsgarten bildet. Auch vor der Glasfront sind zwischen den einzelnen Rahmen Plissees gespannt, auch hier eher als Retro-Dekoration als aus wirklichem Nutzen. Denn die Scheiben tönen sich nach Bedarf selbst und sind von außen verspiegelt. Tagsüber erlauben sie der Sonne, den Flur und die von ihm abgehenden Zimmer zu lichtdurchfluten. Darum ist es immer warm und hell, auch im Gesellschaftsraum.

In dem großen, runden Wintergarten mit Blick auf das graue, steinerne Meer und den Himmel stehen vereinzelte Sitzgruppen, Sofas und Sessel, aus Rattan und Holz. In den gläsernen Oberflächen der großen Tische aktivieren sich bei Berührung leuchtende Tastaturen und speien schwebende Hologrammmonitore aus. Im gesamten Raum schweben darüber an unsichtbaren Fäden vereinzelte Orchideen unter der Zimmerdecke. Die meisten von ihnen blühen weiß, einige mit rosa Farbeinschlag, und jede von ihnen lässt die langen Luftwurzeln herunterhängen. Kleine Scherroboter fliegen die Räumlichkeiten regelmäßig in einer Höhe von zwei Metern ab und kürzen tiefer hängende Pflanzenteile. Auch die Drachenpalmen in den Raumecken und die Monsteras, die sich um freistehende, griechische Säulen ranken, werden von den Robotern versorgt.

Die Haltung von Tieren mit Fell oder Federn ist nicht erlaubt. Vielleicht ist das ein Manko, wenn man überhaupt ein solches suchen und finden will. Aber die Bewohner sind glücklich und suchen nicht nach Verbesserungen. Die Regeln sind ihren Köpfen entsprungen, die Residenz ist ihre Wahlheimat, und außerhalb gibt es für sie nichts, weil sie sich vor langer Zeit so entschieden haben.

Der Gesellschaftsraum verfügt über ein Panorama-Aquarium, dessen Oberfläche selbstverständlich in der Decke verschwindet, so dass es von dem darüberliegenden Stockwerk aus gesäubert, befüllt oder anderweitig gepflegt werden muss. Die Gemeinschaft kann es sich nicht erlauben, die Luft in den Aufenthalts- und Wohnräumen mit Sporen von Schimmel oder Algen verschmutzen zu lassen. Alte Atemwege sind empfindlich, und eine Lungenentzündung auch im 22. Jahrhundert noch eine Krankheit, die hier am seltensten mit dem Überleben endet. Vor Krebserkrankungen hingegen hat niemand mehr Angst. Die letzte menschengemachte Katastrophe mag vieles gekostet haben, aber das Heilmittel hat sie gebracht. Todesfälle gab es hier schon eine ganze Weile nicht mehr. Dennoch sind die Bewohner vorsichtig. Das verlängerte Leben bringt seine Tücken mit sich. Zwar lassen sich Organe unbegrenzt und mit kurzen

Produktionszeiten ersetzen, doch bis frische Gehirnzellen die Funktionen ihrer Vorgängerzellen übernehmen können, braucht es viel Zeit und Training. Manch einer wird vom Warten auf das ewige Leben müde. Nicht selten gibt einer auf.

Auch sie hat diverse Monate des Trainings hinter sich. Mit 127 Jahren ist sie eine von den älteren Bewohnern, wenn auch lang nicht die älteste. Sie steht vor der riesigen Panoramascheibe des Aquariums. Früher, als sie noch jung war, gab es solche Aquarien lediglich in den großen Zoos. Danach gab es sie eine Weile gar nicht mehr. Sie erinnert sich nicht, was geschehen ist. Ihr Gehirn hat die meisten Schrecken mit neuen Erinnerungen übermalt. Nachts träumt sie manchmal von Krieg, zerstörten Häusern, und riesigen Robotern auf haushohen Stelzen, die durch die Straßen gehen und aus ihren Augen Laserstrahlen auf flüchtende Menschen schießen. Wenn sie aufwacht, weiß sie nicht, ob es eine Erinnerung an ihr Leben ist oder an einen Film. Von Aquarien träumt sie nie, sie erinnert sich nur an sie. Vielleicht ist sie darum sicher, dass es sie auch damals schon wirklich gegeben hat. Dieses beherbergt eine Rifflandschaft. Auf Wunsch lässt sich Meeresrauschen einblenden und Möwenkreischen, sogar eine frische Brise mit Salzgeruch gibt es auf Knopfdruck. Den Knopf drückt außer ihr selten jemand. Die meisten der Bewohner waren jahrelang nicht am Meer, auch nicht, bevor sie in das Gebäude auf dem Berg einzogen. Sie hielten die See auch früher schon für tückisch. Aus den Wellen befürchteten sie Aliens, Untote, Monster und mehr. Das ist einer der Gründe, aus dem die Residenz nicht am Meer liegt oder auf einer der wenigen botanisch noch intakten Inseln.

Neben lebensverlängerndem Komfort ist Sicherheit das Wichtigste für sie geworden. Das verbindet sie mit den anderen Bewohnern, macht sie alle gleich in dieser einen, wichtigen Hinsicht. Sie ist eine Künstlerin. Künstlerin des langen, unbeschwerten Lebens. Sie ist eine von denen, die gingen, als alles zu zerbrechen drohte. Ihr Leben lang hatte sie mit der Unsicherheit zu kämpfen. In der Liebe, dem Job, dem monatlichen Einkommen, Börsengeschäften, Globalisierungskrisen, Markteinbrüchen, Kriegen, Terroranschlägen, ausgestorben geglaubten und doch epidemisch ausbrechendenden Krankheiten, Luftverschmutzung, Klimawandel und verseuchter Nahrung. *Die große Wende* nannten die Gutgläubigen es. Den dritten Weltkrieg prophezeiten die anderen. Was wirklich geschah, wissen diejenigen, die seither auf dem Berg leben, nicht. Damals, in den Zwanzigern des 21. Jahrhunderts, entschieden sie sich, rechtzeitig zu gehen, sich auszuklinken und nur Musik, Kunst und gute Gespräche mitzunehmen. Sie hatten dem stetig wachsenden Wahnsinn zugesehen, Regierungswechsel miterlebt, von denen jeder katastrophaler und korrupter verlief als der vorherige. Sie hatten die großen Platten der Arktis brechen und den Meeresspiegel in wenigen Jahren um zig Zentimeter steigen und Länder und Inseln überschwemmen sehen. - Sie hatten auf die warnenden Stimmen gehört, die behaupteten, es würde bergauf gehen, aber nur für sehr wenige Glückliche.

Die Idee, auf einen abgelegenen, hohen Berg zu ziehen, hatte nahegelegen und eingeleuchtet. Nichts würde sicherer sein, nicht bei einem Atomschlag, einem Weltkrieg, einer Seuche, der Zombieapokalypse oder dem Übergriff feindlicher Aliens. Sie waren alles durchgegangen, hatten eine Geheimgruppe gegründet, ein gemeinsames Konto eingerichtet und nur jene aufgenommen, die der Gemeinschaft etwas Zuträgliches einbrachten. Es war nicht gerecht gewesen, aber natürlich. Es ist das Natürliche, das überlebt, nicht das Gerechte.

Es ist achtzig Jahre her, dass der Letzte das Tor am Fuße des Berges schloss. Es gibt jene unter ihnen, die sicher sind, mindestens eine Apokalypse überlebt zu haben. Es gibt solche, die nicht ausschließen wollen, dass die Zombies doch noch kommen werden. Es gibt die, die noch immer glauben, die Polkappen würden schmelzen, obwohl sie das schon lange nicht mehr können, weil sie es bereits taten. Es gibt solche, die glauben, die nächste besiegt geglaubte, tödliche Krankheit käme zurück. Es gibt viele Ideen, die nichts gemein haben mit der vergleichbar grauen Realität weit unter dem Berg, von der hier oben niemand etwas weiß, und manchmal ändern sich diese Ideen stündlich in nur einem einzigen Kopf.

Die Bewohner sind oft im Intranet unterwegs, das keine Verbindung zum Außen besitzt. Sie sind eine große Gemeinschaft mit einigen klugen Köpfen, und jeder schreibt, forscht, musiziert, malt oder erschafft anderweitig. Die Möglichkeiten sind zahlreich, und der Keller ist voller Kunstwerke, die keinen Platz mehr in den oberen Stockwerken finden. Manche nutzen die

Bibliothek. Nicht digital, sondern analog, wie früher, als sie Kinder waren und es die analogen Bibliotheken noch gab. Doch diese enthält nur Neudrucke auf nicht staubender Papiernachbildung, und es ist nicht das gleiche Gefühl wie damals, wenn man heute ein Buch aufschlägt. Es klingt anders und es riecht nach nichts.

An schönen Tagen mit guten Luftwerten steht die Tür des Zoologischen Gartens offen. In letzter Zeit sind die Werte beinahe täglich gut genug. Dort draußen gibt es Tiere mit Fell und Federn, auch Exemplare solcher Arten, die sich isoliert von ihren Artgenossen auf dem Berg völlig neu entwickelten, wie den breitschnäbeligen Grausittich, der sich nur von besonders weichem Brei ernährt, den er aus Früchten saugt, die er zuvor mit einer übergroßen Kralle einritzte. Seine Vorfahren waren einst bunt. Darwinisten würde es freuen, aber von den Biologen lebt hier oben nur noch einer, und Genetik ist nicht sein Gebiet.

In dem Garten gibt es essbares Obst, wenn auch aus verständlichen Gründen nur aus dem Gewächshaus und gegossen mit gefiltertem Quellwasser aus der Umgebung. Manches wird aus dem Lebensmitteldrucker in die Gewächshäuser geschafft.

Einige der Bewohner wollen davon nichts wissen. Vielfalt muss sein auf dem Tisch, aber wozu wissen, was von all dem noch biologisch und echt ist? Es gehört zu der Sicherheit dieses Lebens dazu, sich um Grundsätzliches zu betrügen.

Die jüngsten Bewohner der Residenz kennen Obst, dem die natürliche Sonne zum Gedeihen ausreichte, nicht einmal mehr. Die ältesten schwärmen von Sonnenstrahlen auf der Haut und ganzen Jahren ohne Dunstglocke unter dem Himmel. Dann hören die Jüngeren gebannt zu, und manche glauben nicht, dass nackte Füße jemals über grüne Wiesen liefen, und dass es einmal Wälder aus haushohen Bäumen und voller Leben auf diesem Planeten gab – oder noch gibt. Oder bereits wieder. Aber die Erzählungen darüber sind immer dieselben, und die Details in den Erinnerungen der Älteren gleichen sich, sooft man auch fragt, also ist es vielleicht doch die Wahrheit.

Manchmal führen die Gespräche von solchen Erinnerungen fort und hierher, in die Gegenwart. Dann drehen sie sich um den ständigen Wackelkontakt in der veralteten Holo-Halle und um den bionischen Grünen Tee. Er schmeckt niemals so wie der, den einige von ihnen in der alten Heimat anbauten, als es die Insel im Pazifik noch gab, vor der großen Schmelze, dem Kollaps, den Kriegen, und, wie manche von ihnen glauben, bevor die Zombies kamen.

An guten Tagen, wenn die Sonne zu erahnen ist, und jemand den Knopf am Aquarium drückt, wenn daraufhin blechern die Möwen kreischen und das Meer rauscht, ist es beinahe so, als wäre nichts von alledem geschehen. Und auch an Regentagen wie heute, wenn niemand hinausgehen darf, ist es gut. Das Klavier klimpert, im Garten zwitschern Vögel, auch wenn niemand weiß, ob da draußen wirklich Vögel sind. Es spielt keine Rolle mehr. Die Zeiten, in denen etwas hätte geändert werden können, sind lange vorbei. Es ist ruhig geworden, still. Gleichförmig. Vielleicht gibt es die Erde unter all dem, vielleicht gab es sie nie. Vielleicht ist das hier der Himmel. So genau kann das niemand sagen.

Schildkröten

Mein Herz,

deinetwegen bin ich zurückgekehrt. Ich habe lange darüber nachgedacht. Ich habe mich gefragt, was mir fehlen würde in der Ferne, wem ich Rechenschaft oder Anwesenheit schulde. Ich bin sogar die Liste der Leih-DVDs in unserem Wohnzimmerregal im Geiste durchgegangen. Und an die Katze habe ich einen Moment lang gedacht. Aber zurückgekehrt bin ich dann deinetwegen.

Dort, wo ich in der Zeit vor meiner Rückkehr gewesen bin, auf diesem Ausflug, der von so kurzer Dauer war, dass die Intensität, mit der er in meine Adern schnitt, mich erschreckte, dort haben ich und die anderen am Strand gesessen, den ganzen Tag lang die Sonnenbrillen nicht abgesetzt und auf der glitzernden Wasseroberfläche nach auftauchenden Schildkröten Ausschau gehalten. Du weißt, ich meine die gelben, großen, von denen es heißt, dass man sie praktisch nie zu Gesicht bekommt, und die darum die Situation ihres Auftauchens wie in einem Film erscheinen lassen. Sie brachen aus einer Welle hervor und erwiderten mit ihren runden, schwarzen Augen unsere Blicke, bevor sie sich wieder in ihre dunklen Jagdgründe hinabsinken ließen. Es war nicht das Paradies. Es fehlten die Kokosnüsse und die Stille an Land. Aber wenn du dieses Blau siehst, welches das Wasser allein dort zu haben scheint, hegst du keinen Zweifel mehr daran, dass jegliches Leben, wie wir es kennen, seinen Anfang auf dem Grund eines solchen Meeres nahm.

*Ich habe ernsthaft darüber nachgedacht, nicht mehr zurückzukommen. Oder zumindest den Zeitpunkt für meine Heimkehr ungewiss zu lassen. Beinahe fühlte ich mich wie eine junge, eine vor Lebensfreude sprühende Version des Gustav Aschenbach - oder, um es mit Thomas Manns Worten zu sagen: „**von** Aschenbach, wie seit seinem fünfzigsten Geburtstag amtlich sein Name lautete, ..."[1]. Denn Tag für Tag wieder saß ich am Meer, vertieft in Coupland und Tabucchi, und ruhte in jedem einzelnen Moment so vollkommen in mir selbst. Zwischen den Lektüren beobachtete ich die Küstenvögel, die dort fliegen wie hier, und deren Schreie sich doch so vollkommen anders in den Himmel schrauben als ich es von der heimischen Küste gewohnt bin. In den Abendstunden, wenn das Licht schwand und nur einige wenige Fischerboote klimpernd noch auf den Wellen sich wiegten, griff ich zum Pinsel und malte meine eigenen Bilder von ihnen. Doch als ich begann, meinen Tagesablauf nicht mehr zufällig zu gestalten, als ich in der Stadt nach*

---

[1] Thomas Mann, der Tod in Venedig, 1. Absatz

Leinwänden und Farben Ausschau hielt, wurde mir klar, dass ich nicht mehr heimkehren wollte.

Ich wollte die Farbe des Meeres in meinen Augen erkennen, die Hitze der Mittagssonne speichern für einen nächsten Winter, der wieder nasskalt und grau zu werden droht. Und ich wollte an jedem Morgen unter den Zikaden sitzen und diese kleinen Blätterteigkuchen und Melonenspalten frühstücken, zusammen mit einer Tasse Kaffee, der viel zu stark und heiß ist, und den ich darum mit kaltem Wasser auffülle, so, wie du es daheim an jedem Morgen für mich tust.

Ich habe mir ausgemalt, mir eine kleine Wohnung am Strand zu nehmen, als Untermieter bei einem Einheimischen vielleicht, um die Sprache des Landes bald zu beherrschen und auch um einige Kontakte zu knüpfen. Ich sah mich mit meinem Laptop an der Küste sitzen oder in einem kleinen Café, und ein wenig an den aktuellen Ausstellungsprogrammen arbeiten. Ich hörte jemanden, den ich erst vor kurzem am Strand kennengelernt hatte, rufen, ob ich eine Pause einlegen und mit ihm hinaussegeln wolle. Wir würden am Abend blaue Krebse mit den Fingern essen und Salat hinter dem Haus ernten, Rauke vielleicht, Zucchini und Tomaten. Wir würden nach Muscheln und Krebsen tauchen und Makrelen und Tintenfische angeln. Mittags würde ich auf dem Basar um Orangen und Gewürze feilschen und um Pfirsiche so groß, dass du es mir nicht glauben würdest, wenn ich es dir erzählte. Vielleicht würde ich Touristengruppen herumführen und mit ihnen die Küstenstraßen in einem dieser knatternden, alten Busse abfahren. Ich würde ihnen in vollkommen akzentfreiem Deutsch die Sehenswürdigkeiten vorstellen und ihnen von den gelben Schildkröten erzählen, die sie mit großem Glück sehen könnten. Und ich würde zum Abschied in ihren Gesichtern erkennen, wie gern auch sie blieben.

Die Sonne macht es leicht, intensiver zu lieben. Doch irgendwann würde es auch dort wintern und die Dinge begännen mich zu langweilen, so wie mich bei allem die Leidenschaft verlässt, wenn das Licht des Sommers vergeht.

Nur bei dir ist das anders. Am Meer sitzend und Schildkröten suchend fiel mir ein: ich läge nachts nicht neben dir, und das glitzernde Meer sähe niemals deine Augen neben meinen. Da habe ich meine Koffer gepackt und bin zurückgekehrt. Ich bin ganz ruhig in der Gewissheit, dass nur wenige tausend Kilometer entfernt eine gelbe Schildkröte durch dieselben Wassertropfen schwimmt, die noch vor wenigen Tagen mein Spiegelbild fingen. Der Wind wird diese Wassertropfen verteilen, und es wird wohl Jahre dauern, bis sie hier ankommen. Ich hoffe, an diesem Tag werden wir da sein, an unserem

Strand, vermutlich unter grauen Wolken und bei bitterer Kälte, aber gemeinsam.

Literaturerwähnungen

Fernando Pessoa – Alberto Caeiro, Poesia – Poesie

Fischer Taschenbuch Verlag, Frankfurt am Main, Juni 2008, ISBN 978-3-596-17695-3

Thomas Mann – Der Tod in Venedig

Aufbau-Verlag Berlin und Weimar, 1980, Lizenznummer 301 120/92/80

Kleines Nachwort

„Es stellt sich bei Betrachtung gewisser Weltdetails und Lebenswinkel die Frage, warum dies oder jenes so ist, wie es ist." – So begann dieses Buch und so endet es. Denn im Grunde stellt sich die Frage, warum die Dinge sind, wie sie sind, überhaupt immer und in Bezug auf alles. Zum Beispiel bezüglich der Tatsache, warum dieses Buch den durchaus ansprechenden Titel ‚Fische sind keine guten Zuhörer' trägt, wenn doch auf diesen Fakt in dem gesamten Buch nicht einmal eingegangen wird.

Das ist eine gute Frage. Zunächst einmal könnte ein Grund dafür sein, dass es ein wirklich ausgesprochen hübscher Titel ist, und dass seine Aussage, Fische würden nicht gut zuhören, vermutlich auch wahr ist. Andererseits schrieb die Autorin in ihrem Buch ‚Vom Kurs ab' über einen Goldfisch, der sich als besonders guter Zuhörer hervortut, und außer von diesem einen Fisch ist ja über die Fähigkeit des Zuhörens bei seinen Artgenossen gar nichts bekannt und müsste noch erforscht werden.

Insofern kann man darüber diskutieren, oder auch nur für sich nachdenken: Sind Fische nun gute Zuhörer oder sind sie es nicht?

Weiteres von Nicole Banik

Vom Kurs ab. Erzählungen

BoD, 2015, ISBN 978-3734789786

Ein ungewöhnliches Haustierduo übernimmt unversehens die Wohnungskontrolle, die Jupitermonde beschließen, auf die Weltraumexpeditionen der Menschheit eine gebührende Antwort zu senden, und endlich wird geklärt, welche Tiere es nicht mehr auf die Arche schafften.

12 Sekunden. Erzählungen

BoD, 2015, ISBN 978-3734738203

Eine Frau begegnet auf dem Bahnsteig jemandem, mit dem sie vor Jahren um Mitternacht auf dem Meer die Welt verließ, zu dem sie an Land aber keine Verbindung besitzt. Eine andere verlobt sich Hals über Kopf mit einem ihr beinahe Unbekannten, stellt aber Jahre später verwundert fest, dass sie trotz aller Liebe seinen Ring nicht mehr trägt.

Aktuelles jederzeit auf www.nicolebanik.de